국어시간에
생활글읽기 2

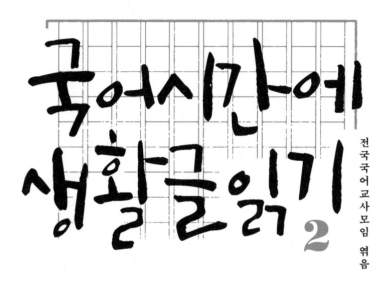

국어시간에
생활글읽기

전국국어교사모임 엮음

2

Humanist

국어 시간에 가장 많이 읽는 책

전국국어교사모임은 신나고 재미있는 국어 수업을 만들기 위해 20년이 넘게 애써 왔습니다. 특히, 중·고등학생들이 읽을 만한 책이 없는 상황에서 학생들이 즐겨 읽을 수 있는 책들을 펴내 청소년 문학에 새바람을 불러일으켰습니다. 학생들의 눈높이를 가장 잘 알고 있는 현장의 국어 선생님들이 엮은 '국어시간에 읽기' 시리즈는 학생들의 관심과 흥미를 살폈을 뿐 아니라, 학생들의 삶이나 현실과 맞닿아 있어 공감을 끌어낼 수 있었습니다.

우리 모임에서 청소년 문학으로 낸 첫 번째 책은 김은형 선생님이 수업에 활용했던 소설을 모아 엮은 《국어시간에 소설읽기 1》입니다. 이 책은 나오자마자 청소년 문학 베스트셀러가 되었습니다. 학생들의 눈높이에 맞는 책인지라 수업 시간에 가장 많이 읽는 책이 되었으며, 여러 권위 있는 단체에서 '중학생이 읽기 좋은 책', '중학생에게 읽기를 권장하는 책'으로 뽑았습니다. 우리는 이어서 《국어시간에 시읽기》, 《국어시간에 생활글읽기》 등을 차례로 펴냈고, 그 책들은 모두 현장 국어 교사들이 수업에 적극 활용하는 책이면서 학생들이 즐겨 읽는 책으로 자리 잡았습니다. 이후 아이들에게 더 많은 읽을거리를 제공하고 싶다는 바람으로 《국어시간에 세계단편소설읽기》, 《국어시간에 세계시읽기》, 《국어시간에 세계희곡읽기》 같은 세계 문학 선집도 엮게 되었습니다. 이 모든 읽을거리가 청소년들의 삶을 더욱 풍성하게 하고, 청소년들의 생각을 더 크고 넓게 해 줄 거라 믿습니다.

'국어시간에 읽기' 시리즈는 학생들에게 읽기의 즐거움을 맛보게 해 준 책입니다. 또한 청소년 문학 시장에 다양한 분야의 책이 나올 수 있도록 마중물 역할을 하였습니다.

'국어시간에 읽기' 시리즈를 통해 학생들이 세상을 이해하고 세상 속으로 한 걸음 나아가기를 기대합니다. 또한 우리 주변의 진솔한 삶의 이야기, 그 속에 숨어 있는 보석 같은 깨달음이 여러분과 함께하기를 바랍니다.

이 책들이 모든 사람에게 오래도록 사랑받기를 바랍니다.

전국국어교사모임

숨은 물을 맞이하는 마중물이 되기를

어떤 글을 읽어야 하나 고민하는 사람들이 많습니다. 읽는 양에 비해 얻을 것이 없는 글이 많다고 경제적인 분석을 내놓은 이도 있습니다만, 사실 좋은 글을 찾기가 무척 힘듭니다. 시중에 많은 책이 나와 있기 때문입니다. 대한출판문화협회의 2008년도 출판 통계에 따르면, 1년 동안 우리나라에서 발행된 책은 4만 3000여 종, 1억 600만 부 남짓이라고 합니다. 그러나 독서 현실은 이와는 사뭇 다릅니다. 2009년 12월 9일자 어느 일간지 보도에 따르면, 한국인의 독서량은 만화와 잡지를 포함해 한 달에 평균 0.9권, 1년에 12권이 채 되지 않습니다. 책 읽기의 중요성은 날로 높아 가지만 책을 읽는 사람들은 갈수록 줄어드는 것이 우리의 현실입니다.

　수업 현장에서도 이러한 현실을 어떻게 풀어야 할지 고민이 한창입니다. 전국국어교사모임은 교사들이 좋은 책을 학생들에게 읽힐 수 있도록, 학생들이 좋은 글을 감식하는 힘을 기를 수 있도록 함께 고민하고 도와 왔습니다. 여기에 또 한 권의 책을 더하고자 합니다. 이 책은 전국의 국어 교사들이 학생들의 눈높이를 고려하여 자신의 독서 목록에서 찾은 글을 모은 것입니다.

《국어시간에 생활글읽기 2》에는 가족과 이웃과 사회를 따뜻한 시선으로 바라보는 글과 우리 사회의 명사들이 청소년들에게 전하는 충고를 담은 글이 실려 있습니다. 1부에서는 10대들이 꼭 새겨들어야 할 삶의 지혜를 담은 글을, 2부에서는 가족과 이웃의 의미를 생각해 보게 하는 글을 묶었습니다. 그리고 3부에서는 나와 남이 함께 살고 있는 세상의 이면을 꼼꼼히 들여다보는 글을 실었습니다. 어떤 글은 선생님의 따끔한 회초리처럼 맵고, 어떤 글은 자식에게 무언가를 내놓는 어머니의 손길처럼 따뜻하고 정겹습니다.

그러나 이 책을 읽는 것으로 책 읽기가 끝나면 안 됩니다. 여기 있는 글들이 좋은 글임은 두말할 나위 없지만, 읽을 만한 것이 이것뿐이라고 여겨서는 안 된다는 말입니다. 이 글들은 하나의 씨앗일 뿐입니다. 땅속 깊은 곳에 숨은 물을 이끌어 내는 일종의 마중물이지요. 여러분은 이 물을 마시고 새로운 독서의 세상으로 나아가야 할 것입니다.

끝으로 이 책을 엮는 데 도움을 주신 전국의 국어 선생님들과 이 책에 글을 실을 수 있도록 허락해 주신 글쓴이 여러분께 감사의 인사를 전합니다. 아울러 미리 글을 읽고 감상을 보내 주신 학생들과 잘 갈무리해 주신 휴머니스트 출판사에도 감사의 인사를 전합니다.

전국국어교사모임

차례

3 내가 먹을 수 없는 거 양심상 남에게 못 팔아

10대들,
지금부터
잘 들어 주시라

1

10대들에게 고백함

김어준

1　　두발 자유화. 이 쌍팔 년도 이슈, 아직도 현재진행형이란다. 참, 후지다. 바리캉으로 학생 관리하겠다는 발상이 여전히 유효한 교육정책이 된다는 거, 정말 후지다. 얼마 전 이 사안과 관련해 한 일간지에 칼럼을 기고한 어느 현직 교사는 미국 등 서구 선진국의 학생들처럼 머리를 기르고 교내에서 키스를 할 정도로 우리 사회가 성숙되지 않았고, 우리 학생들에게는 그럴 만한 자정 능력이 없기에 두발 자유화 반대한다 하셨더라. 머리 길이와 교내 키스를 등가* 나열하는 것도 의뭉스럽고 두발과 자정 능력을 관련짓는 것도 이해하기 힘드나, 결정적으로 당혹스러운 건 정말 우리 학생들의 자정 능력이 부족하다면 그 능력 배양할 교육을 기획할 일이지 아예 머리 잘라 가두는 게 옳단 말인가. 아, 좌절스러워.

2　　해서 결심했다. 사실대로 고백하기로. 10대들, 지금부터 잘 들어 주시라. 이거 어른들끼리 암묵적 합의로 당신들에겐 그

12

접근을 원천 차단해 온 기밀 되겠다. 어디 받아 적어들 두셔. 먼저 두발과 공부의 상관관계. 한마디로, 없다. 학생이 공부나 하지 머릴 왜 길러. 왜 못 길러. 다리털, 겨드랑이털, 꼬추털과는 다르게 두개골털에는 DHA 함유되어 있나. 진짜 이유는 털이 아니라 통제권 문제다. 머리털 내주면 쥐고 있던 학생 통제권 상실할까 두려운 거다. 선생님 자신들도 그 방식으로 육성됐다. 물론 자신들도 싫어했다. 하지만 편하다. 통제에 용이하니까. 그래서 계속한다. 외모 신경 쓰면 공부 못한다? 아니다. 외모도 신경 쓰고 공부도 잘할 수 있다. 두발 자유화. 데모들 열심히 하시라. 털 단속, 교육적 역사적 법적 정당성 없다. 건투 빈다.

3   말 나온 김에 딴것도 고백하자. 공부 열심히 하면 훌륭한 사람 된다? 거짓말이다. 우리나라 공교육 열심히 따라가면 시험 잘 치는 사람 된다. 그럼 시험 잘 치면 훌륭한 사람 되나? 아니다. 시험 잘 치면 점수 잘 나온다. 하지만 점수와 훌륭한 사람과의 상관관계, 없다. 그럼 판검사나 의사들은 다 훌륭하시게. 그 양반들 중 안 훌륭한 분들도 무척 많으셔. 단, 점수 높으면 연봉 높을 확률, 상대적으로 높다. 그건 맞다. 하지만 반드시 그런 건 또 아니다. 돈 버는 능력과 공부 능력, 별개다. 그럼 왜 어른들이 공부, 공부 하나. 불안해서. 공부 외에 어떻게 훌륭한 사람 되는

● 등가 | 같은 값이나 가치.

건지 어른들도 모르니까. 아니 보다 근본적으로는 어떤 사람이 훌륭한 사람인지, 어른들 모른다. 물론 공부 잘하면 좋다. 유용하다. 하지만 공부와 훌륭한 사람, 관계없다.

다음, 성 문제. 먼저 자위. 이거 또 10대 남자들 많이 고민한다. 답부터 말하자. 돈 워리. 머리 절대 안 나빠져. 긴장 해소에 아주 좋아요. 정신 건강에도 좋아. 몸이 요구하는 만큼 해 주셔들. 손은 씻고. 그리고 포르노, 맘껏 보셔. 선생님들도 다들 넉넉히 보셨어. 죄의식 가질 거 없다. 실은 포르노보다 그로 인한 죄의식이 조장하는 성에 대한 이중적 태도가 더 나쁘다. 근데 포르노 과장됐다는 건 알고들 보셔. 영화잖아. 실제론 그렇게 안 돼요. 이성 교제. 뭐 하고 싶다고 맘대로 되는 영역은 아니다만 할 수 있다면 해. 그러다 섹스. 둘이 합의된다면. 콘돔 꼭 써. 직전에 거둔다느니 까불지 말고. 임신 절대, 절대 조심. 섹스가 죄가 아니라 온전히 스스로 감당하고 책임질 수 없는 일 저지르는 거, 그게 죄다.

될 성싶은 나무는 떡잎부터 알아본다? 한 우물을 파라? 아니다. 떡잎만 봐선 모른다. 떡잎은커녕 나이 서른 넘어도 몰라. 우리 공교육은 자신이 어떤 사람인지, 자신의 재능은 무엇인지, 자신이 원하는 게 뭔지 사유하고 각성할 기회를 제공하지 않는다. 공교육, 바로 그거 하라고 있는 건데. 하여 우리나라엔 대학 졸업하고도 자신이 어떤 사람인지, 원하는 게 뭔지, 뭘 하고 싶은지 모르는 사람이 태반이다. 그런데 어떻게 한 우물을 파. 그러니 호기심 가고 궁금한 건 뭐든 닥치는 대로 덤벼들 보시라. 인생 790년 못 산다. 하고 싶은 건 겁먹지 말고 다 해 봐.

그리고 영어. 스트레스 많이 받지. 국가가 나서서 몰입 교육이니 나발이니 하니까 이거 못하면 바보 되는 거 같지. 사회 나가도 이거 꼭 필요하다고 그러지. 거짓말이다. 영어로 지구온난화나 벤담° 공리주의 매일 토론하며 살 것도 아닌데 영어 죽자 살자 할 거 없다. 영어로 유엔 연설할 것도 아니고. 사실 유엔 연설도 우리말로 돼. 나중에 영어로 심각한 비즈니스 해야 할지 모른다? 그럼 어설픈 영어 말고 실력 있는 통역사 수배해. 물론 잘하면 좋은 점 있다. 도구가 하나 더 느는 거니까. 영어는 도구다. 어른들은 영어를 신분의 표식, 능력의 징표로 여겼기 때문에 자기 열등감에 그렇게들 영어, 영어 하는 거다. 다시 말하는데 영어는 도구다. 취미 맞으면 하고 안 맞으면 그냥 다른 과목처럼만 해. 그래도 된다.

4 시작해 놓고 보니 많다. 길면 잔소리 되니까 지금부턴 좀 짧게 하자. 사랑의 매? 그런 거 없다. 매는 그냥 매다. 악법도 법이다? 아냐. 악법, 바꿔야 한다. 악법 만나면 싸워. 시민 불복종 공부하고. 하나를 보면 열을 안다? 노. 하나 보면 하나 안다. 사

° 벤담(Jeremy Bentham, 1748~1832) | 영국의 철학자이자 법학자로, 인생의 목적은 최대 다수의 최대 행복을 실현하는 데 있다는 공리주의를 주장하였다.

람 속단하는 거 아니다. 남자는 군대 가야 사람 된다? 천만에. 가야 하니까 가는 거야. 선생님들 진학지도. 참고만 하셔. 사실 선생님들도 그 과 나와서 실제 뭐 하는지 모른다. 하면 된다? 거짓말. 군바리 정권 시절 까라면 까라고 만든 문구. 안 되는 거 있다. 가난 구제는 나라도 못 한다? 핑계다. 최소한의 사회 안전망 구축하라고 국가 있다. 적어도《삼국지》열 번 읽어라? 쓸데없다. 철저히 한족* 중심 사관의 재밌는 무협지. 제갈공명이 칠종칠금* 했던 남만* 호족 이야기에서 배울 건 베트남인들 불굴의 정신이다. 제갈공명 꾀가 아니라. 동방예의지국? 이건 우리 조상들이 공물 상납 잘하고 종주국 예우 잘했다는 중국인들 칭찬이다. 뭐 자랑스러울 거 없다. 담배 피우면 머리 나빠진다? 경험상 그건 대충 맞다. 심지어는 정력도 감퇴된다. 각오는 하고 하라고. 오늘은 여기까지.

《건투를 빈다》(푸른숲, 2008)

* 한족 | 중국 본토에서 예로부터 살아온, 중국의 중심이 되는 종족.
* 칠종칠금 | 마음대로 잡았다 놓아주었다 함을 이르는 말로, 중국 촉나라의 제갈공명이 맹획을 일곱 번이나 사로잡았다가 일곱 번 놓아주었다는 데서 유래되었다.
* 남만 | 남쪽의 오랑캐라는 뜻으로, 중국에서 남쪽 지방에 사는 민족을 낮잡아 이르던 말.

1 학교에서 머리카락 길이를 단속하는 것에 대해 찬성하는 쪽과 반대하는 쪽
으로 나눠 토론해 보세요.

2 글쓴이의 충고가 다른 어른들의 충고와 다른 점이 있다면 무엇인지 말해
보세요.

친구들의 느낌은? ··

청소년들을 대신해서 하고 싶은 말을 다 해 준 것 같다. 말투나 단어 선택도 굉장히 직설적

이다. 돌려 말하는 게 없다. 그래서 후련하다. 꽉 막힌 어른들이 이 글을 읽어 주었으면 한

다. _이수민

솔직히 이 글은 정말 민망하다. 하지만 이성적으로 생각하면 글쓴이가 틀린 말을 한 것 같

지는 않다. 평소 옳지 못하다고 생각했지만 주입식 교육으로 인해 말하지 못했던 것을 콕

콕 집어 말해 주니 통쾌하다. _윤아영

여러 가지 공감되는 것은 많지만 이 글에서처럼 그렇게 심하게 비판할 정도는 아닌 것 같

다. _김경은

과학자가 되고 싶었던
컴퓨터 의사 안철수 이야기

안철수

컴퓨터 바이러스를 치료하는 프로그램을 만들어서 유명해진 덕분에 강연을 하거나 텔레비전에 출연하는 경우가 종종 있습니다. 하지만 어린 시절 나는 사람들 앞에서 말을 잘 못했고, 사람을 만나는 것도 별로 좋아하지 않았습니다.

얼굴이 하얗기 때문에 밖에 나가면 아이들은 나를 '흰둥이'라고 놀려 댔습니다. 그렇게 자꾸 놀림을 받게 되니 밖에 나가서 놀기가 더욱 싫어졌습니다. 길을 걸을 때도 땅만 보게 되었고, 성적이 그다지 좋지 않은 데다 운동도 못했기 때문에 자신감을 가질 수 없었습니다. 운동장에서 놀다가 누구에게 맞기라도 하면 울면서 집으로 돌아오곤 했습니다. 그만큼 나는 내성적이고 평범한 아이였습니다. 그러다 보니 자연히 나는 혼자서 뭔가를 만들며 지냈습니다. 또 모든 일에 호기심이 많은 편이었습니다.

호기심이라고 하니, 어릴 때 일이 생각나는군요. 어느 날 누군가 내게 새들은 알을 품어 새끼를 깐다고 알려 주었는데, 그게 정말인지 무척 궁금했습니다. 그래서 나는 직접 알을 부화시켜 보겠다고 결심했습니다. 초등학교에 입학도 하기 전이라 발명왕 에디슨이 알을 품으려 했다는 이야기는 듣지도 못한 때였지요. 그날 밤 나는 냉장고에서 메추리알 몇 개를 몰래 꺼내 와 이불 속에 품고 누웠습니다. 알이 다칠세라 무척 조심을 했지만 어느 순간 잠이 들었고, 다음 날 아침 메추리알은 박살이 나 있었습니다.

좀 더 자라서는 기계를 만지는 공학도가 되고 싶었습니다. 초등학교 때는 날마다 부모님을 졸라서 모형 공작들을 샀습니다. 비행기, 탱크 같은 플라스틱 모델들을 척척 만들어 냈습니다.

중학교 때는 《학생 과학》이란 잡지에 발명품을 응모했는데, 그 달의 최우수 작품상에 뽑혀 상품으로 라디오를 받은 일도 있었습니다.

친척 집에 놀러 가면 집 안 여기저기를 뒤져 뭐든 괜찮다 싶은 물건이 있으면 그것을 분해해 놓고야 말았습니다. 당연히 친척 집에는 비상이 걸리곤 했지요. 내가 온다는 이야기를 들으면 쓸 만한 물건들을 모조리 내 손 안 닿는 곳으로 치워 놓아야 했습니다.

언젠가 이런 일도 있었습니다. 어느 집에 갔다가 어른들이 이야기꽃을 피우고 있는 동안 벽에 걸린 괘종시계를 몰래 내려 한쪽 구석에서 다 뜯어 놓고 말았습니다. 다시 맞추면 될 거라고 생각했지요. 그런데 생각과는 달리 한번 뜯은 시계는 영 다시 맞출 수가 없었습니다. 결국 나는 또 한바탕 혼이 나고야 말았습니다.

학생 시절의 나는 '뭐 하나 잘하는 것이 없구나.' 하는 열등감에 사로잡혀 있었습니다. 하지만 나는 내성적인 성격과 열등감, 그리고 게으름을 극복하게 만든 나만의 방법을 몇 가지 갖게 되었습니다.

그것 중에서 한 가지는 내가 닮고 싶은 사람을 정하는 것입니다. 열등감을 느낄 때마다 어느 한 사람을 목표로 삼고 노력에 노력을 거듭했습니다. 고등학교 때는 일등 하는 친구가 나의 목표였으며, 컴퓨터를 시작한 뒤로는 컴퓨터 전문가라고 불리는 사람들이 나의 목표가 되었습니다. 그들을 앞서려고 열심히 노력한 결과, 나보다 훨씬 위에 있다고 생각한 사람도 뛰어넘을 수 있게 되었습니다.

또 다른 한 가지는 책임감입니다. 언제나 나에게 주어진 책임과 기대를 저버리지 않기 위해 노력했습니다. 나는 원래 그리 부지런한 사람은 아니지만 주위 사람들을 실망시키기 싫어서 최선을 다했습니다.

컴퓨터 백신을 만든 계기가 된 1988년의 이야기를 좀 할까요? 그때 '브레인'이라는 세계 최초의 바이러스가 우리나라에도 상륙했습니다. 내 컴퓨터도 감염이 되었는데, 그걸 해결하기 위해 애쓰다가 컴퓨터 바이러스가 생물에게 병을 옮기는 바이러스와 비슷하다는 생각이 들었습니다. 때마침 컴퓨터에 관심을 가지고 공부하던 중이라 퇴치 방법을 연구하게 되었지요.

컴퓨터 바이러스를 처음 접한 뒤부터 나는 7년 동안 새벽 세 시에 일어나 아침 여섯 시까지 백신 프로그램을 만들었습니다.

오전 아홉 시부터는 의학을 전공하는 대학원생이자 조교로, 또 박사 학위를 받은 이후에는 해군 군의관으로 본업에 충실해야 했기 때문입니다. 잠이 모자라고 너무 힘이 들어서 모든 것을 그만두고 싶은 적도 한두 번이 아니었습니다.

그러나 약한 마음을 이겨 낼 수 있었던 것은 바로 컴퓨터 바이러스가 발생할 때마다 나에게 도움을 요청하던 많은 사람들 때문이었습니다. 이들의 기대를 차마 저버릴 수가 없었습니다. 계속해서 나는 백신 프로그램을 만들게 되었고, 결국에는 백신과 관련된 벤처기업을 창업하게 되었습니다.

나는 겸손과 다른 사람에 대한 존중을 중요한 가치로 삼고 살아왔습니다. 바이러스 퇴치 프로그램인 백신 프로그램을 만들고 나서 사람들에게 큰 호응을 얻었을 때, 나라고 왜 남들 칭찬에 우쭐한 마음이 들지 않았겠습니까. 그런 마음이 들 때마다 '세상에는 알게 모르게 나보다 훨씬 뛰어난 사람이 많을 거야. 그러니 나 같은 사람은 정말 아무것도 아니야.'라고 늘 생각하면서 노력했습니다.

어려서부터 만들기 못지않게 내가 좋아한 것이 바로 책 읽기였습니다. 사람들은 험한 세상을 헤쳐 나가려면 교과서대로 해선 안 된다는 말을 종종 합니다. 책에서 배운 것과 세상살이는 다르다는 말이지요. 그런데 나는 이 말에 찬성하지 않습니다. 아직도 나는 교과서와 책이야말로 지혜와 행동하는 기준을 얻는 데 가장 효과적인 도구라고 생각합니다. 실제로 나는 책에서 어떻게 살아가야 하는지를 배웠습니다. 회사를 세운 뒤에도 경영에 도움이 되는 지혜를 책에서 얻은 대로 적용하여 성공한 경우도 많았습니다.

나는 좋은 책을 만나면 밤을 새워 가며 읽습니다. 한눈팔지 않고 읽으면 300쪽 정도는 네다섯 시간에 독파하기도 했습니다. 전문 서적을 통해서는 관련 전문 지식을 얻을 수 있었고, 소설책을 통해서는 인간의 다양한 성격을 경험할 수 있었습니다.

이렇게 책 읽기가 습관이 되다 보니 언제부터인가 나는 미지의 세계로 들어갈 때에는 항상 책을 통해서 먼저 그 세계를 경험하는 원칙을 갖게 되었습니다.

한때 나는 취미 활동과 정신 수련을 위해서 바둑을 배운 적이 있습니다. 바둑을 배워야겠다는 생각이 들자 먼저 서점부터 갔습니다. 서점에 나와 있는 바둑에 대한 책을 손에 잡히는 대로 사서 50권 정도 읽었습니다. 책을 통해서 바둑이 어렴풋이 머리에 그려질 즈음 기원에 나가기 시작했지요. 처음에는 공부한 것이 전혀 소용없는 것 같았습니다. 그런데 바둑을 자꾸 두다 보니 책을 읽어 둔 것이 큰 거름이 되어 곧 잘할 수 있게 되었습니다.

이러한 방법은 컴퓨터의 경우에도 마찬가지였습니다. 기계를 사기 전에 먼저 컴퓨터에 관한 책을 사서 읽었습니다. 읽다가 모르는 부분이 있으면 빨간 줄을 그어 놓고 그것에 대해 잘 설명해 놓은 다른 책을 구해 읽었습니다. 비록 책 내용 가운데 이해가 안 되는 부분이 많더라도 소처럼 부지런히 여러 번 읽다 보면 마침내 그 책을 통째로 이해할 수 있게 되었습니다.

이처럼 책을 이용한 방법은 처음 한 단계를 올라서는 데 남보다 많은 시간이 걸립니다. 하지만 얼마 안 가서 가속도가 붙고 남들보다 훨씬 빨리 이해할 수 있게 됩니다.

책은 앞으로 살아갈 방향을 똑바로 알려 주는 내 정신의 지표가 되었습니다. 만일 나에게 끊임없이 연구하고 노력하려는 자세가 있다면 그것은 내가 감명 깊게 읽은 책에 크게 영향을 받아서일 것입니다.

특히 일본인 수학자 히로나카 헤이스케가 쓴 《학문의 즐거움》이란 책은 내게 살아 나갈 비결을 전해 주었습니다. 평범한 학생이었던 히로나카 헤이스케가 자신의 평범함을 꾸준한 노력으로 극복해 천재들이 모인다는 하버드대학에서 박사 학위를 받고, 수학의 노벨상이라는 필즈상을 받게 되는 과정이 실려 있는 책입니다.

그 책의 내용 가운데 내가 평생의 생활신조로 삼은 구절이 있습니다.

"어떠한 문제에 부딪히면 나는 미리 남보다 시간을 두세 곱절 더 투자할 각오를 한다. 그것이야말로 평범한 두뇌를 지닌 내가 할 수 있는 유일한 방법이다."

내가 이 일본인 수학자를 특히 좋아하는 이유는 그가 천재형이 아니라 바로 노력하는 사람의 전형이기 때문입니다. 평범한 사람이 노력을 거듭한 끝에 원래 천재인 사람보다 더 빛나는 업

적을 남길 수 있었던 이야기를 읽으며 내 갈 길에 한 줄기 빛을 보는 듯한 감동을 받았습니다. 내가 그리 뛰어난 재주를 가지지 않았으면서도 남보다 먼저 어떤 일을 할 수 있었다면 그것은 책으로부터 얻은 교훈 때문일 것입니다.

나는 지금도 내 능력에 벅찬 문제들에 수시로 부딪힙니다. 내 수준을 넘는 어려운 문제를 해결하기 위해서는 천재들보다 두세 곱절 시간을 더 들여야 하는 것이 어쩌면 당연한 일인지도 모릅니다. 또 그것이야말로 내가 할 수 있는 유일한 방법인지도 모릅니다. 나는 마음속으로 히로나카 헤이스케가 말한 구절을 떠올리며 정신을 가다듬곤 합니다. 그리고 앞으로도 그 가르침대로 살아갈 것을 다짐합니다.

《나는 무슨 씨앗일까》 (샘터사, 2005)

1 글쓴이는 내성적인 성격과 열등감, 그리고 게으름을 어떤 방법으로 극복했나요?

2 여러분의 단점은 무엇인지 생각해 보고, 그 단점을 고칠 방법에는 어떤 것이 있을지 말해 보세요.

친구들의 느낌은? ··

누구에게나 똑같은 기회가 주어지는 것 같다. 하지만 그것을 쓰느냐, 쓰지 않느냐에 따라 그 사람의 미래가 결정되는 것 같다. 안철수 박사는 그러한 기회를 잘 활용하여 모든 사람이 인정하는 벤처기업가가 되어 존경을 받는 것 같다. _이경수

얼마 전에 컴퓨터 보안 전문가, 즉 컴퓨터 의사가 되기로 결심하였기 때문에 이 글의 제목을 보자마자 흥미를 느꼈다. 안철수 박사는 책을 많이 읽어 융통성을 길렀는데, 이 글을 읽고 나뿐만 아니라 내 또래 아이들도 책을 많이 읽어 융통성 있는 사고를 하면 좋겠다.

_이문선

나의 꿈은
세계적인 종이접기 대가

김민효

내 꿈은 세계적인 종이접기 대가가 되는 것이다. 무슨 종이접기에 대가가 있느냐는 질문을 하는 사람들이 있지만, 종이접기 고수들은 종이 한 장으로 만들지 못하는 것이 없다.

　나는 여섯 살 때 처음 종이접기를 시작했다. 처음에 기본 접기를 할 때는 쉽고 재미있다는 생각으로 종이만 보면 접어 보았다. 일곱 살 때쯤 어머니께서 《공룡 종이접기》란 책을 사 오셨다. 얼마나 좋았던지 정리를 잘 하지 않던 내가 거실에 널려 있던 레고 조각들을 5분 만에 정리해 버린 것을 생생하게 기억한다. 내가 제일 좋아하는 공룡을 종이로 접을 수 있다고 생각하니 정말 좋았다. 그렇지만 공룡을 접는 것은 쉬운 일이 아니었다. 어머니께서는 책만 던져 주시고는 접는 방법을 하나도 가르쳐 주시지 않았다. 그땐 엄마가 미웠는데 나중에 알고 보니 엄마는 접는 방법을 모르셨던 것이었다. 어려웠지만 종이로 만든 공룡을 갖고 싶다는 일념으로 열심히 노력하여 결국 그 책에 나와 있는 공룡들을 모두 접을 수 있게 되었다. 그 후 곤충, 물고기, 교통수단, 동물 등 다양한 것들을 접어 보았다.

그러다 6학년 때 아버지께서 '토마토 피앤시(tomato P&C)'라는 사이트를 알려 주셔서 다른 사람들과 종이접기에 대한 교류를 시작하였다. 그래서 고수들이 자주 쓰는 종이접기 방법을 알게 되었다. 그간 몰랐던 종이접기 용어들도 알게 되었는데, 최근에는 주말마다 복잡한 주름 접기를 시도 중이다. 여름방학이 되면 종이접기 분야에서 세계 1위를 차지하고 있는 카미야 사토시의 작품집을 사려고 용돈을 열심히 모으고 있기도 하다.

나는 종이접기 작가가 되기 위하여 여러 단체와 친분을 맺으려 하고 있다. 그리고 더 나아가 세계 여러 우수한 작가들과도 대화를 시도해 볼 것이다. 우선은 나를 알릴 수 있게 작품을 많이 만들어 내서 여러 전시회에 출품하려고 한다. 틈나는 대로 작품을 만들고 사진을 찍어 종이접기 사이트에 올리고 있는데, 얼마 전에는 내가 접은 피닉스에 대하여 우리나라 종이접기협회 회원이 댓글을 올렸다. 그 작품에 대해 그는 "이 작품은 아주 괜찮은 작품이며 앞으로도 많은 작품을 보여 주기를 바란다."라고 하였다. 이 말에 용기를 얻어 종이접기 작가의 꿈을 키워서 여러 가지 멋진 작품들을 만들겠다고 결심하였다.

어떻게 하면 훌륭한 작가가 될 수 있을지 생각해 보았다. 우선은 사물에 대한 세심한 관찰력이 필요하다. 종이접기 작가들은 무엇을 만들 때는 그 대상에 있는 모든 것을 한 장으로 만들어 낸다. 가령, 잉어라고 하면 잉어의 눈은 물론 어떤 사람은 심지어 비늘까지 만들어 낸다. 카미야 사토시는 '용신(龍神)'이라는 작품에서 용의 비늘, 뿔, 발가락과 발톱, 혀, 심지어 수염까지도 한 장으로 다 표현해 내었다.

나의 꿈은 어떤 것이든 단 한 장만을 사용하여 만들어 내는 세계적인 종이접기 대가가 되는 것이다.

1 글쓴이는 종이접기 작가가 되기 위해 어떤 노력을 기울였나요?

2 글쓴이는 훌륭한 종이접기 작가가 되려면 무엇이 필요하다고 생각했는지 말해 보세요.

친구들의 느낌은? ·····

어릴 때 정한 자신의 꿈을 커서도 바꾸지 않고 달성하려고 하는 모습이 정말 대단하다. 나 같았으면 어릴 때는 그냥 아무거나 하고 싶은 것을 꿈이라고 말했다가 커서는 바꿀 것 같 다. _임동환

글쓴이는 진정으로 종이접기를 좋아하는 것 같다. 종이접기 분야에서 세계 1위인 사람의 작품집을 사려고 용돈을 모으고 종이접기 작가가 되기 위해 노력하는 것을 보면 말이다. 나도 내가 하고 싶은 일을 위해 열정적으로 노력해야겠다. _노일환

술 마시는 법도

정약용

네 형이 왔기에 시험 삼아 술을 한번 마셔 보게 했더니 한 잔을 마셔도 취하지 않더구나. 그래서 동생인 네 주량이 얼마나 되는지 물어보았는데, 너는 네 형보다 갑절이나 더 마신다고 했다. 어찌하여 글 읽는 것은 아비를 닮지 않고 주량만 나를 넘어선단 말이냐? 이는 좋은 소식이 아니다.

네 외할아버지께서는 일곱 잔을 마셔도 취하지 않으셨지만 평생 술을 가까이하지 않으셨다. 다만 연세가 드시자 작은 술잔을 하나 만들어 입술만 적실 뿐이셨지.

나는 아직까지 술을 많이 마셔 본 적이 없어 내 주량을 알지 못한다. 내가 벼슬을 하기 전에 중희당*에서 세자 저하께서 소주를 옥필통에 가득 따라 내려 주신 적이 있다. 나는 사양하지 못하고 마시면서 '오늘 죽었구나.' 하고 생각했는데 크게 취하지는 않았다. 또 춘당대*에서 임금님을 모시고 과거 시험의 시험관으로 참여했을 적에 임금님께서 좋은 술을 한 사발씩 하사하신 적이 있었다. 그때 여러 학사(學士)들은 크게 취해서 남쪽을 향해 절을 하기도 하고 자리에 쓰러지기도 했지만, 나는 답지를 다 읽었고 과거에 합격한 자들의 등급까지도 차질 없이 매겼단다. 다만 물러날 때 조금 취기가 있더구나. 그러나 너희들은 내가 술을 반 잔 넘게 마시는 걸 한 번이라도 본 적이 있느냐?

참다운 술맛은 입술을 적시는 데 있는 것이다. 그런데 소가 물을 먹듯 술을 마시는 사람은 입술이나 혀는 적시지도 않고 바로 목구멍으로 넘기니 어찌 술맛을 제대로 느낀다고 하겠느냐? 술 마시는 즐거움이란 조금 취하는 데 있다. 술을 마신 후에 얼굴빛이 붉어지며 구토를 하고 잠에 곯아떨어지는 사람들이 무슨 즐거움을 느끼겠느냐?

술 마시기를 좋아하는 사람들은 대개 병이 들어 끔찍하게 죽기 마련이다. 술독이 오장육부에 스며들어 하루아침에 썩어 쓰러지고 말지. 이것은 크게 두려워해야 할 일이다. 나라가 망하고 가정이 잘못되는 것은 모두 술을 마시는 데서 말미암는다. 그래서 옛사람들은 '고'라는 술잔을 만들어서 술 마시는 것을 알맞게 조절했다. 뒷날 이 술잔을 쓰면서도 사람들이 절제할 줄 모르자 공자께서는 "고를 쓰면서도 주량을 알맞게 조절하지 못한다면 어찌 고라고 하겠는가?"라고 말씀하셨다.

• 중희당 | 정조 6년(1782)에 정조가 의빈 성씨와의 사이에서 보았던 문효세자를 위해 세운 세자궁.
• 춘당대 | 초시에 합격한 과거 시험 응시자들이 마지막 시험을 치르던 곳.

너는 많이 배우지 못하고 아는 것도 없는 데다 아비가 죄를 지어 벼슬을 할 수 없게 된 처지이다. 그런데 술주정뱅이라는 소리까지 듣는다면 어찌하겠느냐? 몸가짐을 반듯이 하고 술을 입에 가까이하지 말거라. 부디 멀리 있는 이 애처로운 아비의 말을 따르도록 해라.

《문학시간에 옛글읽기》 (나라말, 2008)

:: 생각할 거리

1 글쓴이는 참다운 술맛과 술 마시는 즐거움이 어디에 있다고 했나요?

2 글쓴이가 아들에게 술을 가까이하지 말라고 한 까닭은 무엇인지 부모님의
입장이 되어 말해 보세요.

친구들의 느낌은? ···

술 마시는 데에도 법도가 있다니 좀 의아하지만 맞는 말인 것 같다. 술맛을 느끼지도 못할
정도로 목으로 바로 넘겨 버리면 몸은 몸대로 정신은 정신대로 피폐해질 것이다. 이 글에
서 정약용의 아들 사랑이 느껴져서 좋았다. _서가영

요즘은 술을 마시고 취해서 범죄를 저지르는 사람들이 많다. 이 글을 읽어 보니 스스로 절
제해서 술을 끊는 마음을 본받아야 한다는 생각이 든다. 술을 마시더라도 취하지 않고 적
당한 만큼만 마셔서 다음 행동을 할 때 지장이 없도록 하면 괜찮을 것이다. _이동헌

인생에 변명은 없다

박대운

얼마 전 텔레비전 프로그램에서 우연히 카일 메이나드라는 장애인 레슬러를 보았다. 선천적으로 사지가 짧은 사지절단증 장애인이었는데, 레슬링을 한다고 했다.

처음에는 새로운 장애인 스포츠에 도전하는가 보다 생각하고 별로 대수롭지 않게 텔레비전을 보았는데, 그 선수는 자신과 비슷한 장애인과 경기하는 것이 아니라 신체가 건강한 비장애인들과 경기하고 있다는 사실을 알고 깜짝 놀랐다. 상대를 손으로 잡을 수도, 매트에 메칠 수도 없는 단점투성이의 레슬러였지만 멀쩡한(?) 선수들과 대등한 경기를 펼치고 있었다.

그 모습을 보는 순간, 인간 정신의 힘이 얼마나 위대한가를 새삼 다시 느끼게 되었다.

대학교 다닐 때 손가락 한 마디가 없는 여자 후배가 있었다. 일 년 내내 긴소매 옷만 입고 다니는 친구였는데, 한여름 작열하는 태양도 이 친구의 긴 겉옷을 벗길 수가 없었다.

주변 사람들이 아무리 반팔 입고 다니라고 간청(?)을 해도 아랑곳하지 않고 긴팔 옷만 입고 다녔다. 그러던 후배가 어느 날 나를 찾아와서 이렇게 물었다.

"오빠는 두 다리 없이, 의족도 하지 않고 다니는 것이 부끄럽지 않아요?"

"내가 다리 없는 게, 죄지은 것도 아닌데 부끄럽긴 뭐가 부끄럽냐?"

대답했는데, 후배가 수긍을 하지 않는 눈치였다.

그때 마침 수영을 배우고 있어서 그 친구에게 수영장에 같이 갈 것을 권유했다. 자기는 수영할 줄 모른다며 수영장 가는 것을 한사코 거부했는데, 수영을 못 하면 내가 수영하는 모습 구경하라며 마다하는 후배를 학교 수영장으로 데리고 갔다. 아주 야한 삼각 수영 팬티를 입고, 멋들어지게 수영장을 활보하고 다녔다.

수영을 끝내고 그 친구에게 물었다.

"사람들이 나를 신기하게 쳐다보던? 네 눈에 내가 부끄러워 보이던?"

후배는 아무 말이 없었다.

그리고 얼마 뒤 그 친구가 짧은 옷을 입고 다닌다는 소문이 들렸다.

후배는 내가 수영하는 모습을 보고, 많은 생각이 들었다고 했다. 긴소매로 자신의 손을 가려서 손가락 없는 것을 감추려고 했는데, 내가 다리 없는 것을 사람들에게 당당하게 내보이는 모습이 멋있어(?) 보였다고, 그래서 짧은 손가락을 감추려고 하기보다 나머지 네 개의 손가락을 돋보이게 하기로 했다며 예쁘게 네일아트로 멋을 낸 네 개의 손가락을 내게 펼쳐 보였다.

사람들은 살아가면서 많은 고난과 역경에 빠지게 된다. 그 형태의 차이는 있겠지만, 한평생 살면서 어려움에 부닥치지 않는 사람은 없을 것이다. 문제는 우리 인생에 닥친 악재의 무게가 실제로 어느 정도의 무게를 가지느냐가 아니라, 그것을 느끼는 심리적 무게가 얼마냐 하는 것이다.

생각하기에 따라, 손가락 한 마디가 없는 것이 인생을 송두리째 바꿀 만큼 큰 장애가 될 수도 있고, 나처럼 양다리가 없는 것이 누구도 따라올 수 없는 개성이 되어 인생을 더 풍요롭게 할 수도 있다.

여섯 살 때 교통사고로 양다리를 잃고 장애인이 되었을 때, 어머니는 나를 보고 하늘이 무너지고 땅이 꺼지는 느낌이었다고 하셨다. 그 많은 사람 가운데 왜 하필 당신의 아들에게 이런 재앙이 닥쳤느냐고 원망도 많이 하셨다고 했다.

나 자신도 장애인으로 산다는 것이 너무도 절망스럽고 힘겨웠다. 사람들의 따가운 시선과 냉대, 또래 아이들의 이유 없는 놀림, 현실의 어려움 속에서 절망한 적도 많았다.

초등학교 다닐 때, 전교생을 통틀어 장애인은 나 한 명밖에 없었기 때문에 쉬는 시간만 되면, 바퀴 달린 신기한 의자를 타고 다니는 나를 구경하려고, 교실 앞 복도는 초만원이었다. 그래서 학교 다닐 때 쉬는 시간이 죽기보다 싫었다. 학구파는 아니었지만 아무도 나한테 관심 가져 주지 않는 수업 시간이 좋았다.

한번은 길을 가는데, 내 또래의 여학생들이 나를 보고 키득거리며 웃었다. 더는 참을 수가 없었다. 달려가서(?) 소리쳤다.

"내가 다리 없다고 비웃는 거야! 내가 그렇게 우스워 보여!"

자기네들끼리 수군거리더니 이렇게 말했다.

"네가 다리 없다고 웃은 게 아니라, 네가 아주 잘생겨서 봤을 뿐이야."

그때부터 휠체어 타고 가는 나를 누군가 쳐다보면 '내가 다리 없어서 보는 것이 아니라, 잘생겨서 보나 보다.'라고 스스로 자위하는 버릇이 생겼다. 그랬더니 신기하게도 사람들이 나를 보는 시선이 두렵지 않았고, 거리를 다니는 것이 무섭지 않았다. 누군가 나를 어떻게 보느냐가 중요한 것이 아니라 내가 나를 어떻게 보느냐가 더 중요하다는 것을 느꼈다.

두 다리 없는 나를 보면서 신기하게 여기고 연민을 느끼는 다른 사람의 생각이 중요한 것이 아니라 누구보다도 튼튼한 두 팔을 가졌음에, 누구보다도 건강한 정신을 가졌음에 감사하는 나 자신이 더 중요하다고 생각했다.

레슬러 카일 메이나드는 사람들에게 이렇게 외쳤다.

"No Excuses!"

변명은 없다.

사람들은 '나는 왜 이렇게 가난하게 태어났을까, 왜 이렇게 못

생겼지, 왜 이렇게 머리가 나쁠까, 왜 하는 일마다 되는 일이 없지.' 불평하면서 자신의 실패에 대해서 이렇게 변명한다. 많이 배우지 못해서, 물려받은 재산이 없어서, 운이 없어서 실패했다고. 레슬러 카일은 비장애인 선수들과 1년 6개월 동안 35번을 싸워서 35번을 패했다. 그리고 36번째 경기에서 첫 승리를 거두었다.

"내가 먼저 나를 버리지 않으면 어느 곳에든 함께하는 것들이 있다."라는 도종환 님의 시처럼 생이 다하는 그날까지 포기하지 않는다면 우리의 인생에서 절망이란 있을 수 없다. 99번의 실패로 절망하기보다는 100번째 도전을 준비하는 자세가 우리의 인생을 더 값지게 하지 않을까!

《네가 있어 다행이야》(창해, 2008)

:: 생각할 거리

1 글쓴이는 어떤 일을 계기로 다른 사람들의 시선을 두려워하지 않게 되었나
   요?

2 글쓴이가 후배에게 가르쳐 준 교훈은 무엇인지 말해 보세요.

친구들의 느낌은? ···

요즘 고등학교에 가서 잘할 수 있을까 고민이 많다. 자신감도 없고 선행 학습이 너무 어려

워서······. 장애인 레슬러가 35번 패하고 36번째에 승리를 거두었다는 것이 놀라웠다. 몸

이 불편한데도 포기하지 않았기 때문에 거둘 수 있었던 승리인 것 같다. 공부가 힘들더라

도 절대 포기하지 않고 죽도록 한번 해 봐야지 하는 생각이 들었다. _김선향

나는 단점을 남에게 보여 주기가 정말 부끄러운데, 이 글에서는 단점을 보여 주어서 개성

을 살리라고 한다. 도무지 이해가 안 간다. 사람은 누구나 단점이 있다고 하지만 나보다 더

똑똑하고 예쁜 사람들이 너무 많기에 당당해질 수 없는 것 아닌가. 이 글은 그래서 나를 우

울하게 만들었다. _권영민

그 사람의 숨은 그림을
찾아보십시오

우종영

"어물전 망신은 꼴뚜기가 시키고 과일 망신은 모개(모과)가 시킨다."라는 말이 있다. 전해 오는 얘기로, 옛날에 어떤 사람이 미끈한 갈색 수피*를 가진 나무를 보고 이렇게 예쁜 나무에선 어떤 열매가 맺힐까 궁금해 자기 집 앞마당에 옮겨 심었는데, 가을에 열린 못생긴 열매를 보고 기절할 듯 놀랐다고 한다. 홧김에 베어 내려다가 문득 열매 향을 맡았는데 그 달콤한 향기에 또 놀라고, 옳다구나 싶어 한입 깨물었다가 그 떫은맛에 펄쩍 뛰며 놀랐다나.

모과를 논하자면 이렇듯 모양에, 향기에, 맛에 세 번 놀란다는 말이 꼭 따라다닌다. 여하튼 불쌍하게도 모과는 그 우스꽝스러운 생김새 덕에 못생긴 것의 대명사로 일컬어져 왔다. 그런데 사실 우스꽝스러운 것은 비단 열매 생김새만이 아니다. 열매가 열리는 모양은 또 얼마나 재미난지, 별로 굵지도 않은 가지에 자루도 없이 딱 달라붙은 열매를 보고 있으면 보는 내가 다 갑갑할 정도다.

그럼에도 불구하고 향이 좋아 방향제로 쓰거나, 못 먹는 대신 차로 끓여 마시는 모과. 모과가 가진 장점은 그것만이 아니다. 앞서 얘기한 전설에서 그랬듯 모과의 나무껍질이 얼마나 예쁜지 키워 본 사람은 잘 알 것이다. 매끈한 수피는 봄에 껍질을 벗는데 그 자리에 생긴 얼룩들이 아주 독특한 빛깔을 띤다.

뿐만인가. 모과를 키우다 보면 가지마다 주렁주렁 맺힌 수많은 열매에 매해 감탄하게 된다. 내가 아는 사람은 열매 따는 재미에 모과를 키운다고도 했다. 갓난애 얼굴만 한 모과를 한 번에 백오십 개씩은 딴다나.

또한 모과를 차로만 끓여 마신다고들 흔히 알고 있는데 실은 그게 아니다. 어릴 적 내가 살던 동네의 한 할머니는 모과를 삶아 꿀에 버무려 과자를 만들어 주시곤 했다.

좋은 향에도 불구하고 그 우스꽝스러운 모양새와 먹을 수 없는 과일이라는 선입견 때문에 실없는 과일로 취급받는 모과. 그런 모과나무를 볼 때마다 후배 녀석 하나가 떠오른다.

이렇게 직접적으로 말하긴 참 미안하지만 녀석은 아무리 잘 봐주려고 해도 참 못생겼다. 커다란 덩치에, 그냥 올려놓은 듯한 얼굴, 단춧구멍만 한 눈, 하늘을 향해 두 구멍을 활짝 벌리고 있는 뭉툭한 코, 덩치에 어울리지 않게 입은 또 왜 그렇게 작은

* 수피 | 나무의 껍질.

지…….

그러나 사람됨만큼은 그렇게 진국*일 수 없다. 사람 좋은 게 지나쳐 언젠가는 친구에게 사업 자금을 대 준다며 전세금을 몽땅 날린 적도 있다. 그래도 불평 한마디 않고 나중에 벌어 갚으라며 허허대던 놈이다.

그런데 그놈이 어느 날 장가를 가겠다고 나섰다. 손자 보고 싶다고 성화인 늙은 어머니 소원을 풀어 드리고 싶단다. 그리고 오랜 시간 타지 생활을 해서인지 이제는 참 외롭다고도 했다. 언제나 허허거리며 만사 걱정 없는 놈처럼 살더니 그런 것만도 아니었구나. 그때부터 친구들과 회사 동료, 선배들의 총 지원하에 녀석의 '장가보내기 작전'이 시작됐다.

그런데 선보는 자리에서 녀석을 처음 본 아가씨들이 그 사람됨을 어떻게 알겠는가. 대부분의 아가씨들은 보자마자 그 별난 외모에 고개를 저었고, 간혹 진득하게* 자리를 지켰던 아가씨라도 녀석의 재미없는 말솜씨에 이내 인상을 굳혔다.

"형, 저 그냥 혼자 살까 봐요."

못생기고 말 좀 못하는 게 무슨 죄인가. 그러나 그간 상처를 입었을 녀석을 생각하면 계속 선을 보라고 감히 말할 수 없었다. 그러나 그건 나만의 생각이었다. 다른 사람들은 무슨 소리냐며 끊임없이 선 자리를 만들어 녀석의 등을 떠밀었다.

그렇게 또 수차례 선을 본 녀석, 그러나 제멋대로 생긴 녀석의 얼굴도 그렇거니와 서른 해 넘게 지녀 온 말투가 하루아침에 달라지겠는가. 결국 모두 퇴짜를 맞은 녀석이 나중엔 이랬다.

"내일 선보는 게 마지막이에요. 나가기 싫은데 그쪽에 미안해서 그냥 얼굴만 비치고 올래요."

녀석의 한숨 섞인 말을 들은 뒤 나는 다음 날 술이나 한잔 사야겠다고 마음먹었다. 그리고 다음 날 오후 나는 녀석의 전화를 기다렸다. 그런데 이게 웬일인가. 뜻밖에 수화기 너머 녀석의 목소리가 들떠 있었다.

"형, 나 이제사 내 짝을 만났나 봐요."

사연은 이랬다. 자포자기하는 심정으로 여자를 마주하니 마음이 편해지더란다. 더구나 눈앞의 여자는 지금까지 보아 온 어떤 여자보다도 뛰어난 미모와 지성을 갖추고 있어서 감히 쳐다볼 엄두조차 나지 않았다고 했다.

그러자 마음이 담담해지더란다. 그래서 녀석은 본연의 모습으로 돌아와 편한 마음으로 그간 선본 이야기며, 그래서 속상했던 이야기며, 나아가 자기가 살아왔던 얘기를 다 털어놓았다. 실없어 보이니 웃지 말라고 그렇게 당부했건만 시종일관 허허대기만 했다나. 그런데 여자 표정이 참 진지하더란다. 열심히 녀석의 이야기를 듣다가 가끔은 눈물을 보이기도 하고, 또 허허대는 녀석을 따라 미소를 짓기도 하더라는 거였다.

● 진국 | 거짓이 없이 참된 것이나 그런 사람.
● 진득하다 | 성질이나 행동이 끈덕지고 질기게 끈기가 있다.

그녀는 그의 사람됨을 알아챈 거였다. 그녀는 얼굴만 고운 게 아니라 마음마저 참 진실된 사람이었던 것이다. 그렇게 서로를 알아본 두 사람은 결국 결혼에 골인했다. 동화 같은 그들의 결혼 소식에 모두들 얼마나 기뻐했는지……. 결혼식장은 그야말로 동네잔치 분위기였다.

문득, 올가을 아주 실하고 향기 좋은 모과 몇 개를 구해서 녀석 집을 찾아가 봐야겠다는 생각이 든다. 그리고 2세 만들기 작업(?)에 한창인 녀석에게 이런 말을 해 주고 싶다.

"너랑 똑 닮은 녀석 나오면 그땐 내가 모과나무를 선물하마."

아마 녀석은 무슨 악담이냐며 펄쩍 뛸지도 모른다. 못생겨서 당한 고통이 어딘데 그걸 자식에게 물려주냐며 말이다. 하지만 내 마음은 어디까지나 진심이다. 요즘 세상에 그런 후배 녀석을 닮은 진국이 하나쯤 더 있는 것도 나쁘지 않겠다는 생각에서다.

그리고 또 이렇게 말해 주고도 싶다. 모과나무가 아름다운 이유는 눈으론 절대 찾을 수 없는 숨은 매력을 간직하고 있기 때문이라고. 그러니 네 자식도 너처럼 숨은 그림을 간직한 사람으로 키우라고 말이다.

《나는 나무처럼 살고 싶다》 (걷는나무, 2001)

:: 생각할 거리

1 모과의 어떤 특성 때문에 사람들이 세 번 놀란다고 했나요?

2 이 글에서 말하고자 하는 교훈과 비슷한 내용의 속담에는 어떤 것이 있는
지 말해 보세요.

친구들의 느낌은?

언젠가 할아버지께서 하신 말씀이 생각났다. "너는 얼굴이 아름다운 사람이 좋으냐, 마음

이 고운 사람이 좋으냐?" 성격은 길들일 수 있으나 얼굴은 함부로 바꿀 수 없다는 판단 아

래 얼굴이 아름다운 사람을 택했다. 하지만 할아버지의 생각은 그 반대였다. 그때는 할아

버지께서 근거를 말씀해 주지 않으셔서 왜 그런지 알 수 없었지만 이 글을 읽고 그 뜻을

알 수 있게 되었다. _전성완

잘생기지도 않고 키도 크지 않은 나에게 외면보다는 내면을 중시하라는 이 글이 큰 위안이

됐다. 이 글을 읽고 생각해 보니, 나는 참 어이없는 행동을 한 것 같다. 사람들이 내 외면보

다는 내면을 보아 주길 바랐지만, 정작 나는 다른 사람의 내면보다 외면을 보며 그 사람을

평가했기 때문이다. 앞으로는 사람의 '가면'을 보고 그 사람을 평가하지 않겠다. _한준우

퍼셀 스쿨,
나의 최초의 오디션

이루마

모르겠어요. 좋은 것도 같고……. 몸이 뻣뻣해지지만 한번 춤을
추기 시작하면 모든 것을 잊어버려요. 모든 게 사라져 버리죠.
그런 다음엔 내 몸 전체가 변하는 게 느껴져요. 몸에서 불꽃이 일
어서 전 그냥 거기서 날아가요. 새처럼요. 마치 전기가 오는 것 같
아요. 꼭 그런 기분이에요.

영화 〈빌리 엘리어트〉에서 빌리가 춤을 출 때의 느낌을 설명
하는 장면입니다.

가난한 탄광촌 광부인 빌리의 아버지는 빌리에게 권투를 권합
니다. 하지만 빌리는 이미 춤에 미쳐 버린 상태예요. 결국 아버
지는 빌리의 국립발레학교 오디션을 허락합니다.

오디션 날 빌리는 잔뜩 긴장해 자신의 실력을 다 보여 주지 못
했다고 생각을 했는지 심통이 났죠. 그래도 나머지 시험을 치릅
니다.

빌리의 열정적인 춤을 인상적으로 보던 한 시험관이 오디션장

문을 나서는 빌리에게 마지막으로 질문을 합니다. 춤을 출 때 어떤 느낌이 드느냐고.

이 장면은 저의 최초의 오디션을 떠오르게 합니다. 유럽에서도 음악이라면 한다 하는 애들이 다니는 퍼셀 스쿨의 오디션을 보러 간 저도 빌리만큼이나 긴장하고 있었으니까요.

오디션 날 피아노 연주를 마치고 내려왔을 때, 심사 위원들은 누구 하나 흔쾌히 고개를 끄덕이지 않았습니다. 오디션장의 공기가 무겁게 가라앉는 듯한 기분이었죠. 그런 분위기를 깨고 심사 위원 한 분이 저에게 물었습니다.

"다른 악기를 연주할 수 있니?"

그 오디션에 참석했던 거의 모든 아이들은 전공하는 악기 외에도 여러 악기를 다룰 줄 알았어요. 일찌감치 음악 교육을 받으면서 퍼셀 스쿨의 오디션을 준비해 왔던 아이들이고요. 그 아이들에 비하면 저의 오디션 준비는 정말 초라했습니다. 제가 준비한 것은 고작 피아노 연주 녹음 테이프 달랑 하나. 게다가 피아노 실력마저도 다른 아이들과 비교하니 초보 중에 초보나 다름없었습니다.

그 질문에 저는 당황하고 말았습니다. 피아노 외에 제가 다룰 줄 아는 악기는 하나도 없었거든요. 다른 심사관들은 더 볼 것도 없다는 표정이었고, 저는 그 상황에서 어떻게 해야 할지 알 수 없었습니다.

그런데 그 순간 어디서 용기가 났는지 마음을 가다듬고 조용히 동요를 부르기 시작했습니다. 방송국 어린이 합창단에서 활동한 적이 있는데 그때 배웠던 〈갈매기〉라는 노래였죠.

푸른 바다 그 위를 흰 구름처럼 갈매기가 너울너울 날고 있어요.
나도 나도 날고파 갈매기처럼 꿈나라를 찾아서 날고 싶어요.
물결치는 바위에 나란히 앉아 갈매기가 둘이서 이야기해요.
나도 나도 끼고파 갈매기처럼 아름다운 이야기 듣고 싶어요.

오디션이 끝났을 때 아버지는 어린 아들에게 너무 무리한 도전을 시켰다고 생각하셨는지 저한테 굉장히 미안해 하셨습니다.

제가 음악을 공부하겠다고 했을 때 부모님이 처음부터 흔쾌히 반기신 것은 아니었거든요. 당시만 해도 남자가 음악을 한다는 것에 약간의 선입견도 있었고, 부모님 입장에서는 좀 더 안정적인 직업을 갖기를 원하셨을 테니까요.

단지 저한테 음악적 재능이 있다면 그것을 키워 주어야겠다는 정도의 마음은 있으셨고요. 퍼셀 스쿨 입학 오디션을 보게 된 것도 합격보다는 저에게 재능이 있는지 확인해 보고 싶은 마음이 더 크셨던 것 같습니다.

그렇게 오디션을 마치고 돌아와 온 가족이 불안한 마음으로 결과를 기다렸습니다. 저 또한 얼마나 마음을 졸였는지 몸살을 다 앓았을 정도였답니다.

오디션을 본 후 딱 2주 후에 학교에서 편지가 도착했습니다. 큰누나는 편지 봉투의 두께가 두꺼운지 얇은지를 제일 먼저 물어봤어요. 합격일 경우 통지서와 구비 서류가 함께 동봉되기 때문에 봉투가 두껍다는 것이었죠. 제 앞으로 온 봉투는 분명 두꺼웠습니다.

아마 피아노 실력만으로 평가했으면 형편없는 점수를 받았을 텐데, 저의 〈갈매기〉가 심사관들에게 꽤나 인상적이었던 모양입니다. 지금 생각하면 참 당돌하고 겁이 없었던 것 같아요.

영화 속 심사관들이 빌리의 춤출 때 기분에서 빌리의 가능성을 알아보았던 것처럼, 심사관들은 제 노래에서 저의 가능성을 보신 것 같아요.

그분들에게 내가 얼마나 음악과 피아노를 좋아하고, 퍼셀 스쿨에서 공부를 하고 싶은지 말로는 설명할 수 없었을 거예요. 아마도 〈갈매기〉를 부르는 것으로 저의 의지를 전한 것 같아요. 어딘가 부족했지만 그래도 그 부족한 부분을 채우고도 남을 저의 음악에 대한 열정 같은 것도 함께 말이죠.

《이루마의 작은 방》(명진출판, 2005)

:: 생각할 거리

1 글쓴이가 오디션을 보던 날 심사 위원의 질문에 당황했던 까닭은 무엇인가
요?

2 심사 위원이 글쓴이의 입학을 허락한 것은 어떤 점을 높이 샀기 때문인지
말해 보세요.

친구들의 느낌은? ....

이 글을 읽으면서 이제 고등학생이 되는 나는 무엇을 해야 할까 하는 생각이 들었다. 당장
의 진로는 어떻게 정하고, 나의 꿈은 무엇인가? 나는 자신이 어떤 것을 해야 하는지 아는
사람이 가장 부럽다. 그 길로 열심히 가면 될 테니까. 나도 그런 게 생기면 마음이 편할 텐
데. _김미래

열정이 있으면 그것이 다른 사람에게 전해져서 감동을 주고 마음을 움직일 수 있다고 생각
한다. 나도 합창단 오디션을 본 적이 있는데, 동요를 부르다 가사를 잊어버려 몇 소절 놓쳤
지만 끝까지 포기하지 않고 최선을 다해서 합창단에 합격한 기억이 있다. _허인애

50

생각으로 짓는 복

지장

얼마 전 음반 가게에 들렀다가 DVD 판매 코너에서 〈이소룡 무술 영화 모음집〉을 보게 되었다.

어렸을 적에는 이소룡이 주연으로 나온 영화를 본 후 나도 당장에 이소룡처럼 되겠다며 흥분해서 쿵푸 도장엘 갔던 것 같다. 또 이소룡처럼 뜨거운 모래에 손을 담그기도 하고, 맨손으로 수없이 벽돌과 나무토막을 쳤던 것 같다. 하지만 이 짓도 한두 달, 영화와 현실의 차이점을 뼈저리게 느끼고 '이건 아무나 하는 게 아니잖아.' 하고 포기한 적이 있다.

대학생 이상의 세대라면 대부분은 나처럼 이소룡이라는 배우를 기억하고 있을 것이다. 그는 중국 전통 무술을 세계에 널리 알렸고, 또 그 무술을 영화와 접목시킨 세계적인 스타이기도 하다. 하지만 그는 너무도 젊은 나이에 죽어서 많은 열혈 팬들을 안타깝게 했다. 그에 얽힌 이야기 한 토막이 불현듯 떠오른다.

그는 어려서부터 무술을 배웠고 청년이 되어 미국으로 건너갔다. 그리고 낯선 미국 도시 시애틀 차이나타운에 중국 전통 무술인 쿵푸 도장을 열어 서양 사람들에게 무술을 가르치고 있었다. 어느 날 스포츠 신문 기자인 하이암스라는 사람이 '동양에서 온 작은 거인'이라고 소문이 난 그를 찾아왔다. 그는 서 있는 사람을 밀어 5미터 밖으로 날려 보내기도 하고, 벽돌 열 장을 맨손으로 격파한다거나 혼자서 100명을 상대해 이겼다는 소문을 듣고 왔던 것이다.

하이암스라는 기자는 특수부대 출신으로 이미 여러 무술을 경험했고, 군에 있을 땐 무술 교관을 지냈던 사람이었다. 그런 그가 이소룡의 이야기를 듣고, 속임수를 써서 사기를 치는 게 아닌가 하는 의심을 갖고 그를 찾았다. 하이암스는 다른 사람은 속일 수 있어도 자기 눈은 속일 수 없다는 확신으로 취재에 나섰던 것이다. 그는 이소룡에게 "당신은 정말 소문대로 서 있는 사람을 밀어서 5미터 밖으로 날려 보낼 수 있느냐?" 하고 물었다. 그러자 이소룡은 "지금 당장에 시범을 보이겠다."라고 했다. 뒤뜰의 수영장으로 가서 기자를 수영장 끝에 서 있게 하고 이소룡은 그의 가슴에 손을 얹고 기합을 주면서 순식간에 밀쳤다. 하이암스는 5미터 정도 날아가 수영장 물속에 빠졌다.

여러 무술에 통달한 하이암스는 넘어지는 한이 있더라도 날아가 떨어지지는 않겠다고 마음먹었는데, 순식간에 자기도 모르게 공중으로 날아올랐던 것이다. 가슴에 심한 통증을 느낀 그는 겨우 정신을 차렸다. 방금 전의 일을 이해할 수는 없었지만 이소룡에게 특별한 힘이 있다는 것만큼은 믿을 수밖에 없었다.

그는 내친 김에 벽돌 열 장을 격파하는 시범을 보여 달라고 했다. 이소룡은 그의 이번 제안도 흔쾌히 받아들였다. 이소룡은 그가 보는 앞에서 거침없이 벽돌 열 장을 맨손으로 내리쳤다. 벽돌은 한순간 격파됐다. 돌과 돌 사이에 틈이 있는 경우라면 쉽게 깨지지만 벽돌 열 장이 간격 없이 있는 상태라면, 큰 해머로 내려치더라도 잘해야 두 장 반 정도가 깨진다고 볼 때 방금 눈앞에서 벌어진 일은 정말 대단한 것이었다.

너무 신기해서 멍하니 바라보고 있는 하이암스에게 이소룡은 이런 정도는 당신도 충분히 할 수 있다고 했다. 이에 하이암스는 그럴 리가 없다고 했다. 그러자 이소룡은 이것은 힘으로 하는 게 아니고 마음으로 하는 것이니 당신도 한번 해 보라고 했다. 이소룡과 현장에 있던 많은 구경꾼들은 곧이어 펼쳐질 그의 격파를 주목하게 되었다.

자신도 예전에 무술을 했던 경력이 있었기에 하이암스는 주먹을 불끈 쥐고 벽돌을 향해 힘껏 내리쳤다. 짧은 비명과 함께 첫 번째 벽돌에 금이 갔다. 하지만 그 아래로는 멀쩡했다. 하이암스는 손뼈에 금이 갔다. 괜히 도전했다는 후회와 이소룡에 대한 원망으로 병원을 찾은 하이암스는 두 달 가까이 팔을 쓰지 못한다는 진단을 받았다.

이소룡은 '마음의 힘'으로 내리치라고 했지, 누가 팔근육의 힘으로 치라고 했느냐고 아쉬워하며 자기 말대로 마음의 힘을 쓰면 다친 팔도 빨리 나을 수 있다고 설명하였다. 하이암스는 밑져야 본전이라는 심정으로 이소룡이 말한 대로 한 번 더 해 보기로 했다. 먼저 다친 팔에 정신을 쏟고 통증과 여러 느낌들을 의식하였다. 그리고 작은 난쟁이들이 지금 수없이 바쁘게 돌아다니며 자신의 뼈를 단단하게 붙이고 있다는 생각을 계속했다.

일주일 후 엑스레이 촬영 결과 신기하게도 뼈는 다 붙어 있었다. 4주 동안 하고 있어야 할 석고붕대를 일주일 만에 풀어 버렸다. 그러고는 다시 이소룡의 말대로 작은 난쟁이들이 손에 기름을 들고 굳어 있는 근육과 뼈가 잘 움직이도록 기름칠을 하고 있다는 생각을 반복적으로 했다. 그랬더니 손은 일주일 만에 정상으로 돌아오게 되었다.

이 일이 있은 뒤 하이암스는 이소룡을 굳게 신뢰하게 되었고 이소룡이 맨 처음 말했던 대로 마음으로 벽돌을 격파하는 무술을 배울 수 있었다. 하이암스는 마음의 힘을 써서 벽돌을 격파해야 했기에, 그로부터 고도의 '정신 집중 훈련'을 받았다. 그리고 드디어 다시 한 번 도전에 임하게 되었다.

하이암스는 오랫동안 벽돌을 주시하며 그의 손이 벽돌을 관통하여 벽돌 사이를 빠져나간다는 이미지를 반복해서 그리고 있었다. 그때 갑자기 이소룡이 "지금이다!"라고 소리쳤다. 하이암스는 자기도 모르게 손으로 벽돌 한가운데를 내리쳤다. 그는 그 짧은 순간에 손이 벽돌을 '관통한다'는 느낌을 받았다. 벽돌은 칼로 자른 듯 깨끗이 열 장 모두 잘려 나갔고 하이암스의 팔은 멀쩡하였다. 이 '사건' 이후로 이소룡은 '무술의 달인'이라는 칭호

와 함께 미국 전역에 알려지기 시작했다.

'일체유심조(一切唯心造)'라는 말이 있다. 《화엄경》*에 나오는 말인데 마음이 모든 것을 만들어 낸다는 뜻이다. 우리는 살면서 마음과 행위의 연관성을 깊이 생각지 않지만 곰곰이 생각해 보면 금방 공감하게 된다. 또 어떤 목적과 희망을 달성하기 위해 결심하지만 이런저런 핑계로 미룬다거나 포기하는 경우도 많다. 그러나 비록 몸으로 직접 실행에 옮기지 못한다 하더라도 마음속으로 자주 생각하고 반복적인 이미지를 갖게 되면 절반 정도는 한 것과 마찬가지이다. 나중에 기회가 와서 직접 경험하게 될 때, 먼저 마음속으로 익숙해져 있는 경우라면 처음 해 보는 것도 자연스럽게 되지만 그렇지 않으면 어색해 보인다.

미국의 한 대학 심리 연구소에서 이런 실험을 했다고 한다. 농구 선수 30명을 3개 조로 나누어, 첫 번째 조는 매일 한 시간씩 30일간 골 넣는 연습을 시켰다. 두 번째 조는 3일간 하루 열 시간씩 골 넣는 연습을 시켰다. 그리고 마지막 조는 매일 한 시간씩 30일간 생각만으로 골 넣는 연습을 시켰다. 한 달 뒤 각 조의 선수들을 모아 골 넣는 시험을 해 본 결과, 첫 번째 조가 거의 90퍼센트의 확률로 좋은 성과를 보여 주었다. 그러나 놀라운 사실은 공을 한 달간 한 번도 만져 보지 않은 마지막 조가 막판 하루 열 시간 동안 연습한 두 번째 조보다 훨씬 좋은 성과를 보여 주었다

---

* 《화엄경》| 불교의 경전 가운데 하나로, 정식 이름은 '대방광불화엄경'이다.

는 것이다. 생각으로만 연습해도 70퍼센트 확률로 공을 집어넣을 수 있다는 사실을 실험을 통해 증명하였다.

마음만 먹어도 우리의 뇌세포는 기억을 하고, 자주 같은 마음을 일으키면 행위로 한 것처럼 머릿속에 각인되어 버린다. 이것을 '의업'*이라 부르며 '생각으로 짓는 업'이라고 한다. 좋은 일을 자주 생각하면 좋은 행위를 한 것과 같고, 나쁜 생각을 자주 일으키면 나쁜 행위를 한 것과 같다.

바쁘다는 핑계로 아직 실천으로 옮기지 못하는 계획이 있다면 먼저 생각만이라도 자주 해 보기 바란다. 이미 반은 한 것과 마찬가지이고 반복적인 생각만으로도 자신의 변화를 확실히 가져올 수 있다.

《내 마음에 이르는 여행》(풀그림, 2007)

---

* 의업(意業) | 불교에서 '마음으로 하는 의지의 활동'을 이르는 말.

1 하이암스가 첫 도전에서와는 달리 벽돌 격파를 해낼 수 있었던 것은 무엇 때문인가요?

2 미국의 어느 대한 심리 연구소에서 행한 실험 결과에서 이끌어 낼 수 있는 교훈은 무엇인지 말해 보세요.

친구들의 느낌은? ···

부정적으로 생각할 때와 긍정적으로 생각할 때의 결과는 다를 것이다. 이소룡과 하이암스 의 모습을 보면 생각이 얼마나 중요한지 알게 된다. 거짓말 같기도 한 이 글은 긍정적으로 생각하는 것이 이득이라는 것을 보여 준다. _김경미

나는 의지력이 없어 작심삼일 하기가 일쑤인데, 생각만이라도 자주자주 해야겠다. 정말 신 기하다고 느낀 건 생각만 하더라도 그 일의 반은 벌써 이룬 것이나 마찬가지라는 거였다. 그다지 믿기진 않지만 밑져야 본전이니 한번 해 보고 싶다. _서가영

두드려라, 열릴 때까지

한비야

지난 일요일, 친구 집에 가는 길이었다. 한낮의 땡볕 아래서 오르막길을 10분쯤 걸어가니 땀이 송글송글 맺혔다. 친구에게 빌려 주려고 양손 가득 들고 나선 책 보따리는 또 어찌나 무겁던지. 오다가 쇼핑백 끈 한쪽이 끊어지는 바람에 더욱 그랬다.

딩동. 시원한 보리차 한잔 마셨으면 하고 친구네 대문에 붙은 초인종을 힘껏 눌렀다. 그러나 냉큼 뛰어나와야 할 친구는 감감무소식. 다시 한 번 길게. 디이잉~동. 이번에도 무반응이다. 혹시 초인종이 고장 났나? 전화를 걸어 보았지만 휴대전화가 꺼져 있다는 멘트만 나왔다. 우씨, 사람을 여기까지 오라 해 놓고 도대체 어딜 간 거야! 아까 지하철에서 통화할 때가 20분 전이니 멀리 가지는 않았을 텐데…….

쾅쾅쾅쾅. 혹시나 하면서 주먹으로 대문을 두드렸다. 한참을 두드렸지만 역시나 감감무소식. 땀도 나고 숨도 차고 정수리에 꽂히는 정오의 햇살에 어지럽기까지 했다. 근처 카페에 가서 잠깐 땀이나 식히고 와야겠다 생각하며 뒤돌아서려다 마지막으로 화풀이하듯 대문을 세게 걷어찼다. 그런데 이게 웬일, 문 안쪽에서 "누구세요?" 하는 소리가 들리는 게 아닌가? 누구라니, 보면 몰라!

토끼잠을 자다 놀라서 나온 기색이 역력한 이 친구, 씩씩거리는 날 보고는 능청스럽게 웅변조로 한마디 한다. "두드려라, 열릴 때까지." 친구의 능청에 나도 모르게 피식 웃음이 나와 그만 화낼 타이밍을 놓치고 말았다.

"두드려라, 열릴 때까지."

최근 내가 자주 쓰는 말이다. 몇 년째 해 오던 연구 프로젝트를 포기하려는 이 친구에게 지난 한 달 내내 거의 매일 전화로, 문자 메시지로, 이메일로 잔소리 삼아 한 말이기도 하다. 이 말은 "문을 두드려라, 열릴 것이다."라는 성경 구절을 무엄하게도 살짝 패러디한 것이다.(내가 만든 말이지만 멋지지 않은가?) 아무리 애를 써도 진전이 없어 지치기 시작할 때, 열심히 목표를 향해 달리고 있지만 끝이 보이지 않을 때, 눈앞의 장애물이 너무 커 그만 포기하고 싶을 때마다 이 한마디가 내게 얼마나 큰 용기를 주는지 모른다. 내가 덕을 톡톡히 보았기 때문에 지금은 나에게 길을 묻는 젊은이들에게 이 말을 자주 해 준다. 특히 "나는 되는 일이 없어요. 아무리 노력해도 안 돼요. 학연, 지연, 혈연도 없고 운도 없어요."라고 하는 친구들에게는 잊지 않고 꼭 해 주는 말이다.

얼마나 마음이 무겁겠는가? 얼마나 답답하고 속상하겠는가?

그러나 내게 물었으니 하는 말인데, 이런 불평이나 푸념이나 하소연을 하기 전에 스스로에게 한번 솔직히 물어보자. 정말 당신은 끝까지 문을 두드렸는가? 일단 벽이 아니라 문이라는 것만 확인되면 끝까지 두드려야 뭐가 되어도 되는 거다. 문이라면 열리게 되어 있다. 다른 사람에게는 열린 문이 왜 당신에게만 열리지 않겠는가? 인디언들이 가뭄이 심해 기우제를 지내면 반드시 비가 온다고 한다. 그럴 수밖에 없다. 그들은 비가 올 때까지 계속 기우제를 지내니까.

"한비야 님은 하는 일마다 잘되는 것 같아요."

이렇게 말하는 사람들이 있다. 물론 아니다. 단언컨대 나도 끝까지 두드린 문만 열 수 있었다. 내가 두드렸던 모든 문이 다 열리지는 않았지만 마침내 열렸던 문 중에 끝까지 두드리지 않았던 경우는 단 한 번도 없다. 물론 열심히 두드렸지만 끝내 열지 못한 문도 수두룩하다. 왜 그때 한 번 더, 딱 한 번만 더 두드려 보지 않았을까, 뼈아픈 후회도 수없이 한다. 그때마다 피치 못할 사정이 있었지만 돌이켜 보면 그 사정이란 사실은 구차한 핑계요, 약삭빠른 요령이요, 어리석은 자기 합리화의 다른 이름이었다. 문이 열리지 않아도 최선을 다해 두드렸다면 자신의 한계를 인정할 수 있어 마음이 개운할 것이다. 일단 끝까지 해 봐야 문이 열릴 확률도 높고 실패를 했더라도 후회나 미련이 없다. 이렇게 실패를 통해 자신의 한계를 확인하는 것도 최선을 다한 후에야 가능한 일이다. 적어도 내게는 그랬다. 돌아보면 포기하지 않고 끝까지 두드려서 열린 문들이 내 인생의 한 페이지 한 페이지를 열어 주었고 성장의 발판을 만들어 주었다.

대학에 떨어진 지 6년 만에 다시 대학에 가기로 결심했을 때는 대입 선발 고사를 겨우 일곱 달 남긴 시점이었다. 나는 재수하는 데 드는 학원비와 대학 첫 등록금은 물론 내 용돈과 생활비를 벌어야 했기 때문에 하고 있던 네 개의 아르바이트를 단 하나도 그만둘 수가 없었다. 절대적인 시간이 부족한데 일하는 시간은 줄일 수 없으니 무조건 잠자는 시간을 줄여야 했다. 하루에 세 시간 이상 자는 건 사치였다. 이번이 가고 싶은 대학에 갈 수 있는 마지막 기회라고 생각하니 저절로 이가 악물어졌다. 밤을 꼬박 새워 공부하고 이른 아침에 아르바이트를 하러 가려고 집을 나서면 머리가 핑, 돌았다. 잠이 모자라서 하늘이 늘 노랗게 보였고 시도 때도 없이 쏟아지는 졸음을 쫓느라 눈 밑에 안티푸라민도 수없이 발랐다. 같이 시작한 친구들이 도중에 그만두는 걸 보면서 나도 포기만 하면 당장 이 괴로움에서 벗어날 수 있을 텐데 하는 유혹도 있었다. 그러나 시험 보는 날까지 죽지 않고 견디면 뭐가 되어도 될 거라고 나를 다독였다. 나는 일기장에 이렇게 적으며 어금니를 악물었다.

"어떻게 하든 참고 견디자. 이 고비는 반드시 넘어갈 것이고 나는 더욱 단단해질 것이다."

7개월간의 총력전 끝에 나는 원하는 대학에 갈 수 있는 성적을 얻었다. 그때 내가 도중에 포기하지 않고 끝까지 문을 두드려서 얼마나 다행인지 모른다. 아니었다면 나는 지금과는 사뭇 다른 인생을 살고 있을 거다.

미국 유학 후 한국에 돌아와 다국적 홍보 회사를 다닐 때도 그랬다. 한번은 타이완으로 중요한 회의를 하러 가는 길이었는데 출발 시간을 잘못 봤다는 걸 공항버스 안에서 알게 되었다. 등에 식은땀이 흘렀다. 버스로 가다간 도저히 비행기 시간에 댈 수 없을 것 같아 도중에 퀵서비스 오토바이를 불러 타고 한겨울 칼바람을 정통으로 맞으며 김포공항에 도착했다. 허나 탑승 수속은 이미 마감된 후였다. 수속을 해 줄 수 없다는 직원에게 무조건 생떼를 썼다.

"안 되는 거 아는데요, 손님이 한 명 간다고 탑승구에 무전 한 번만 쳐 주시면 안 될까요?"

"이 항공편은 탑승구에서 직접 타는 게 아니라 버스를 타고 비행기까지 가야 해서 지금은 탑승 수속 자체가 불가능해요."

"내가 가다가 비행기를 놓쳐도 아무 말 안 할 테니 그렇게 해 주세요, 네?"

뺏다시피 탑승권을 받자마자 출장 가방을 들고 검색대, 출국 심사장을 새치기해 통과한 다음 백 미터 달리기 속도로 탑승구로 달려갔다. 그런데 바로 눈앞에서 마지막 버스가 저만큼 가고 있는 것이 아닌가? 미친 듯 손짓 발짓 다 해서 겨우 그 버스를 되돌려 탔고, 결국 무사히 타이완 회의에 참석할 수 있었다. 회의 결과, 우리는 큰 프로젝트를 따낼 수 있는 기회를 얻었다.(처음엔 죽어도 안 된다고 하더니 그날 나와 같이 백 미터 달리기를 해 준 항공사 직원, 지금 생각해도 고맙다.)

회의에 다녀와 동료들에게 무용담 삼아 이 얘기를 했는데 그게 사장님 귀에까지 들어갔던 모양이다. 그 후 사장님은 나에게 파격적으로 큰 프로젝트들을 맡겨서 나를 비롯한 모두를 어리둥절하게 만드셨다. 나중에 알고 보니 타이완 출장 사건으로 내가 뭘 해도 해낼 사람이라고 생각하셨단다. 오오, 그때 내가 너무 늦었다며 포기하고 퀵서비스 오토바이를 부르지 않았다면 어떻게 되었을까? 발권 데스크에서 박박 우기는 걸 포기해 탑승구를 떠나는 마지막 버스를 놓쳤다면 어떻게 되었을까?

세계 일주를 할 때도 마찬가지였다. 내 여권이 가짜라며 두 번이나 퇴짜를 놓았던 아프가니스탄 너머 투르크메니스탄 국경도, 대한민국 국민에게는 당분간 절대로 비자 발급을 할 수 없다는 볼리비아나 북한의 맹방으로 우리나라와는 아예 국교조차 없는 시리아 국경도 두드리고 두드리고 또 두드리니 마침내 활짝 열렸다. 만약 이런 길목마다 어렵다고 도중에 육로로 가는 길을 포기했다면 어렸을 때부터 꿈꿔 왔던 육로 세계 일주는 시시하게 끝나고 말았을 것이고, 내 오지 여행이 그렇게 큰 주목을 받지 못했을지도 모른다.

혹시 당신도 내 친구처럼 인생의 오르막길이 힘겨워 그만둘 것을 심각하게 고민하는가? 내 경험상, 안간힘을 쓰며 붙들고 있던 끈을 '나, 이제 그만할래.' 하고 놓아 버리면 그 순간은 고통에서 해방되는 것 같지만 곧이어 찾아오는 '포기의 고통'은 더욱 깊고 오래갔다. 어쩌면 그 어려움이 마지막 고비였을지도 모르는데, 그것만 넘었으면 문이 열렸을지 모르는데, 하면서 후회막심이었다. 돌이킬 수 없기에 그 후회는 더 뼈아프다. 그러니 젖 먹던 힘까지 내서 한 발짝만 더 가 보는 거다. 이제 정말 그만하고 싶을 때 한 번만 더 해 보는 거다. 딱 한 번만 더 두드려 보는 거다. 집주인이 문 뒤에서 빗장을 열려던 참인데 포기하고 돌아선다면 너무나 아까운 일 아닌가. 그러니 내가 이렇게 말할 수밖에.

"두드려라, 열릴 때까지!"

《그건 사랑이었네》 (푸른숲, 2009)

:: 생각할 거리

1 글쓴이가 사장님에게 인정을 받게 된 것은 무슨 일 때문이었나요?

2 여러분에게도 애를 쓰는데 잘 되지 않는 일이 있는지 생각해 보고, 그 일을
이루기 위해 앞으로 어떤 노력을 기울일 것인지 말해 보세요.

친구들의 느낌은? ···

나는 끈기가 없어서 뭐든 빨리 포기하는데, 이 글을 읽고 나니 이때까지 쉽게 포기했던 일
들이 후회되었다. 나도 끝까지 두드려 볼걸. 그러면 할 수 있었을 텐데. _이바름

이 글은 내가 시험 칠 때를 생각나게 했다. 시험을 칠 때마다 시험을 치기 전에 포기했다.
10분만 더 자고, 조금만 더 쉬다가. 그러고는 시험을 치고 나서 왜 한 번 더 보지 않았나 후회
하고, 성적표를 보고는 실망하곤 했다. 이 글을 보고 깨달았다. 그런 마음은 다 핑계일 뿐이
고, 그 10분 안 자고 한 자라도 더 공부했다면 더 좋은 성적을 받았을 것이라고. _박소정

때론 그냥 가자

이강엽

그리 멀지 않은 옛날에 있었던 일이다. 한문에 능통한 영감님 한 분이 계셨다. 한문 실력으로 치면 인근 마을에서 따를 사람이 없을 정도였지만 세상이 변하면서 예기치 못한 문제가 생기고 말았다. 여기저기서 한글이 쏟아지면서 순식간에 까막눈이 되어 버린 것이다.

어쩔 수 없이 영감님은 체면이고 뭐고 할 것 없이 코흘리개 손자에게 한글을 배우게 되었다.

"할아버지는 똑똑한 어른이시니까 하룻밤 공부하고 나면 한글을 뗄 수 있을 거예요."

손자 녀석의 큰소리를 믿고 시작했지만 말처럼 쉬운 일이 아니었다.

선생님이 된 손자는 종이에 커다랗게 '가'라고 쓴 뒤 소리 내어 읽었다.

"할아버지, 이게 '가' 자입니다. 따라 읽으세요. 가!"

그러나 할아버지는 따라 읽지 않고 손자에게 되물었다.

"그래 '가' 자인 줄은 알겠는데 이게 무슨 '가' 자냐?"

"할아버지, 그냥 '가' 자입니다."

"좋다. 그냥 가!"

수업은 계속되었다.

"다음은 '갸' 자입니다. 갸!"

이번에도 할아버지는 손자에게 물었다.

"그냥 '갸' 자입니다."

할아버지는 이상하다는 듯 고개를 갸우뚱하며 따라 읽었다.

"그냥 갸!"

"다음은 '거' 자입니다. 거!"

할아버지는 슬슬 손자 녀석이 못미더워지기 시작했다.

"이것은 무슨 '거' 자냐?"

"그냥 '거' 자입니다."

할아버지는 결국 손자에게 호통치고 말았다.

"에이, 고얀 녀석! 세상에 그런 글자가 어디 있어? 가나 갸나 거나 죄다 훈(訓)이 '그냥'으로 똑같으면 어떻게 뜻을 정한단 말이냐?"

어떤 책에선가 인간을 두 유형으로 나눠 놓은 것을 본 적이 있다. 가령, 새로운 컴퓨터를 접했을 경우 우선 매뉴얼을 익힌 뒤 작동시켜 보는 유형이 그중 하나다. 다른 유형은 일단 컴퓨터를 연결한 뒤 전원 버튼을 누르고 게임이라도 한판 해 보는 유형이다. 전자를 '고전적 인간형' 후자를 '낭만적 인간형'이라 했는데,

나는 전자에 가까운 편이다. 다행히도 그 책은 나 같은 고전적 인간형에 높은 점수를 주었지만 세상일이 꼭 그렇지만은 않은 것 같다.

옛이야기 속의 할아버지는 끝내 한글을 배우지 못했다. 오히려 일자무식 할아버지였더라면 금세 깨우쳤을지 모른다. 아는 게 병이라고 새로운 지식을 받아들이지 못한 것이다.

오래전 양주동 선생의 수필을 읽다가 영어를 배운 지 일주일 만에 영어로 편지를 썼다는 대목에서 나는 '천재는 과연 다르구나!' 하며 경탄했다. 그러나 실체를 알고는 배꼽을 잡았으니, 그 영문 편지란 게 다름 아닌 이런 식이었다. '선생님, 안녕하십니까?'를 "Sunsaengnim, Annyunhasibnigga?"처럼 쓴 것이다. 어느 경험론자가 "어떠한 사람의 지식도 그 사람의 경험을 초월한 것은 아니다."라고 일갈한 데는 그만한 이유가 있겠다.

다행스럽게도 영어를 배운 뒤 독어를 배우는 것처럼 전에 익힌 경험이 큰 도움이 되는 경우도 있지만 그 반대의 경우도 제법 있다. 예를 들어, 영어를 한 글자도 못 읽는 꼬마도 새로운 외국 소프트웨어를 귀신같이 다루는데, 영어를 십 년 넘게 공부한 어른들이 같은 소프트웨어 앞에서 등신이 되기도 하는 것이다. 아이들은 감각으로 다가서는데 어른들은 우선 학습부터 하려고 들기 때문이다. 그것도 이야기 속의 영감님이나 양주동 선생처럼 전에 학습한 방식을 고수하면서 말이다.

이럴 때 젊은이의 장점이 유감없이 발휘된다. 경험이나 학습한 것이 적어 새로운 것을 배울 때 훨씬 더 유연한 태도를 지닐 수 있다. 더구나 배우는 속도도 빠르고 그것을 저장하는 능력 또한 탁월하다. 수영을 배울 때 수영을 전혀 배워 보지 않은 사람이 어설픈 개헤엄이 몸에 밴 사람보다 더 잘 배울 수 있다는 말은 무지의 순수한 바탕을 높이 사는 까닭이다.

이십 년 전, 이사를 할 때였다. 친한 선배에게 도움을 청해 이삿짐 트럭 기사와 함께 셋이서 짐을 날랐다. 문제는 장롱이었다. 자로 재어 보니 장롱이 방문을 통과할 수 있을 것 같지 않았다. 간신히 장롱을 눕혀 넣는다 해도 방에서 다시 세워야 하는데 세울 만한 높이가 나오지 않아 보였다.

나는 자를 들고 장롱의 밑변과 높이, 폭을 잰 다음 계산기를 두드렸다. 중학교 때 배운 피타고라스의 정리와 삼각함수 등을 총동원하여 계산해 보니 장롱의 대각선 길이가 방의 높이보다 약간 길게 나왔다.

"형, 이거 해 보나 마나 안 들어가요."

그러나 선배는 자를 들고 왔다 갔다 하는 나를 어이없게 바라보며 말했다.

"야, 그냥 일단 들어가 봐!"

나는 안 들어가도 그만이라는 심정으로 장롱을 눕혀 넣은 뒤 선배와 "하나 둘!" 하며 벽 쪽으로 장롱을 힘껏 세워 보았다. 그랬더니 웬걸, 쏙 들어가는 게 아닌가.

나는 그 이유를 나중에야 알았다. 내 계산이 잘못되어서가 아니라 기하학의 모든 수학 공식은 아주 이상적인 공간을 토대로 만들어진 것이기 때문이었다. 즉, 모든 직사각형의 각도가 정확하게 90도이며, 모든 변이 직선이라는 전제가 깔려 있던 것이다. 그러나 어느 건축가가 집을 지으면서 공간마다 수학적으로 이상적인 작업을 했을 것이며, 어느 목수가 한 치의 오차도 없이 직각으로 된 장롱을 짤 수 있을까. 또 건축가와 목수의 실력이 뛰어나다 하더라도 어떤 나무가 몇 년 동안 1밀리미터도 뒤틀리지 않고 그대로 있을 수 있을까.

이럴 때 꼭 필요한 말이 있다.

"그냥 가!"

이것저것 따지지 말고 그냥 가자. "왜?"라는 물음은 좋지만 새로운 지식이나 정보를 기존에 자신이 아는 것과 다르다고 하여 부정한다거나 시도조차 해 보지 않는 것은 어리석다. 때로는 그냥 가다 보면 길이 나오고, 나오지 않더라도 자꾸 가다 보면 길이 생기지 않겠는가. 설령 길이 생기지 않더라도 가만히 서 있다가 한 걸음도 가지 못하는 것보다 가는 데까지 멈추는 게 백 번 낫다.

그러니 때론 그냥 가자!

《너의 앉은 그 자리가 바로 꽃자리니라》(랜덤하우스, 2010)

:: 생각할 거리

1 이야기 속 할아버지와 양주동 선생님의 공통점은 무엇인가요?

2 여러분 주변에서 한글을 배우지 못한 할아버지처럼, 자기가 알고 있는 지식에 빠져 새로운 것을 배우지 못하는 예를 본 적이 있나요?

친구들의 느낌은? ···

우리는 일상생활에서 '그냥'이라는 말을 자주 쓴다. 나도 어머니께서 "왜?"라고 물으면 "그냥."이라고 대답한다. 복잡하게 생각할 필요 없고 간단하기 때문이다. 때로는 '그냥'이라는 말이 괜찮게 쓰인다는 것을 알았다. _이규민

나는 수학 문제를 풀 때 어렵게 보이면 풀어보지도 않고 포기했는데 앞으론 손이라도 대봐야겠다. 시도조차 안 한다는 것은 정말 바보 같은 일인 것 같다. 아무리 어려운 일이라도 일단 시도는 해 볼 것이다. _정다예

지금 중3이라서 고등학교는 갈지, 나중에 취업은 어떻게 할지, 내가 성공한 사람이 될 수 있을지 그런 것들이 고민되었는데 이 글을 보니 일단은 부딪혀 봐야겠다는 생각이 든다. 지금 걱정해 봤자 좋을 건 없다. 지금 할 수 있는 공부를 열심히 해야겠다. _박창민

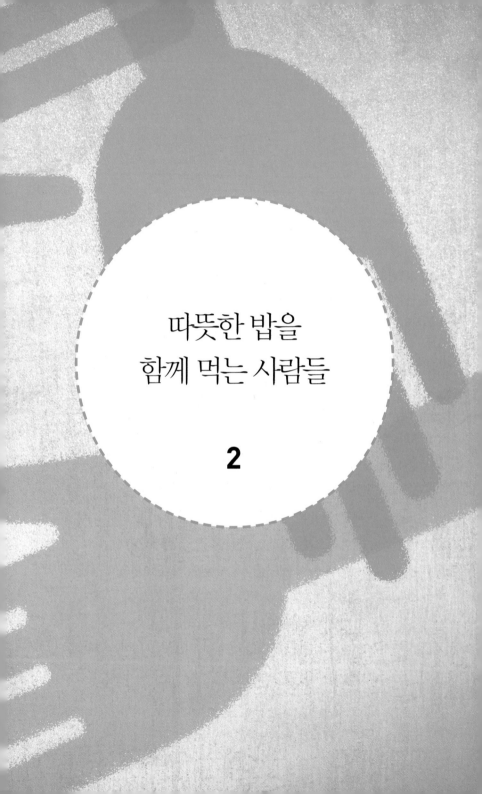

따뜻한 밥을
함께 먹는 사람들

2

보고 싶어 엄마, 사랑해

박소영

사랑하는 우리 엄마, 안녕. 나 큰딸 소영이. 엄마한테 편지 쓰는
거 초등학교 이후로 처음이네. 미안해, 엄마. 편지도 자주 써야
하는데, 선생님이 가을이니까 생각나는 사람한테 편지 한 통 써
보라고 그러기에 그 핑계로 엄마한테 이렇게 편지를 쓰게 된다.
엄마한테 그동안 엄마 미워한 거 아니라고 고백하려고…….

　요즘 추워지기 시작했어. 가을이거든. 엄마가 우리 집 뒤에 심
어 놓은 감나무에 감이 많이 열렸더라. 엄마가 봤으면 좋았을 텐
데. 엄마 생각나? 이맘때면 항상 내가 보일러 틀고 온수 너무 막
쓴다고 엄마한테 야단맞았는데. 그래서 엄마랑 나랑 매일 싸웠
잖아. 그때는 엄마가 너무 야속했었는데. 내가 초등학교 5학년
때 엄마가 갑작스레 병으로 입원했잖아. 그때부터인 거 같아. 초
등학교 5학년이면 학원도 다니면서 엄마 사랑도 듬뿍 받을 때인
데, 나는 매일 집에서 수영이나 돌보고 살림도 하고, 그래서 사
실 그땐 엄마가 너무 미웠어. 엄마가 금방 올 줄만 알았는데 그
게 아니더라고. 6학년 때는 수학여행을 가려니 나 없으면 혼자

74

있을 동생 수영이 생각이 정말 간절해서 마음에 걸리더라고. 수영이는 나 없으면 혼자서 아무것도 못하잖아. 그래서 엄마가 빨리 좀 돌아왔으면 좋겠다는 생각도 했었고.

엄마는 몰랐지? 초등학교 때 소풍이나 운동회 날이면 내가 혼자서 얼마나 울었는지 몰라. 두려운 점심시간, 남들은 다 엄마 아빠 손잡고 맛있는 점심 먹는데 난 엄마도 아빠도 없이 혼자였으니까. 아무도 반겨 주지 않는 집에 가서 혼자 밥 먹고 그럴 때마다 정말 엄마가 너무 미웠어. 엄마 바빴던 거 다 아는데 그래도 나는 너무 서운하고 엄마가 밉더라고. 그래서 엄마가 다시 집으로 돌아온 중학교 2학년 때 엄마한테 새침하게 말 한마디 안 하고, 말을 해도 툭툭 건성이고, 엄마가 소리 지르면 짜증 난다고 문 쾅 닫아 버리고. 그래서 그 후로 엄마가 어색해져서 다 알면서도 엄마한테 미안하다는 말, 사랑한다는 말 한번 못 해 주고. 엄마 딸 정말 못났다, 그치?

엄마, 나 고등학교 들어와서 엄마 다시 병원 갔을 때 사실 매일 울었다. 고등학생이 되니까 생각도 많아지고. 그래도 역시 엄마의 빈 자리 때문에 엄마에 대한 미움이 가시지 않더라고. 저녁 시간에 친구들은 6시 20분만 되면 밑에 내려가서 엄마가 막 배달해 준 도시락 받아서 맛있게 먹는데 난 내가 싼 도시락으로 매일 저녁을 먹어야 했으니까. 아침에 늦게 일어나는 날이면 저녁도 라면으로 해결해야 했고. 초등학교 때부터 정말 나한테는 엄마의 도시락이 간절했었는데 말이야. 그렇게 엄마의 빈 자리가 커져 갈 무렵, 그렇게 그립던 엄마가 드디어 퇴원을 한 거야. 정말 기뻐서 엄마 오면 잘해 줘야지 했는데…….

병원에서 퇴원한 우리 엄마. 갑자기 붙은 살 때문에 다리는 아파 보이고, 퇴원했다는 엄마는 병원에 가기 전보다 더 아파 보이고. 예전 우리 엄마가 아닌 모습에 나는 창피하기까지 했어. 미안해, 엄마. 그땐 정말 그랬어. 그래서 친구들한테 엄마 얘기 꺼내는 것도 꺼리고, 우리 집에 친구들이 놀러 오는 것도 싫어하고. 엄마가 아프지 않고 해녀 일을 할 때, 우리 아침밥 챙기고 가느라 새벽부터 일어나서 밥하고 배 시간 늦었다고 그 답답하고 꽉 죄는 고무 옷에 박카스 한 병 마시고 일하러 가는 엄마 마음도 모르고. 나는 정말 엄마는 그래도 되는 줄 알았어. 설이나 추석이 되면 집에서 혼자서 음식 마련해도 되는 줄 알았고, 식은 밥에 물 말아 먹고, 추운 바다에서 일하고 와서 얼음장 같은 물로 샤워해도 되는 줄 알았어. 그 많은 다시마 엄마 혼자 다 널고 성게도 다 까서 내다 팔고. 그래도 되는 줄만 알았어. 엄마, 정말 미안.

엄마! 이번 주 토요일이 수영이 소풍이래. 아무것도 모르는 수영이가 소풍 간다고 싱글벙글해서 말하더라고. 부모님 꼭 모시고 오라고 했다고. 걷기 대회에 나간다고 "언니 올 거지?" 그러는데 엄마 생각이 나서 슬퍼서 그만 수영이 앞에서 바보같이 울고 말았어. 난 그날 학교 가야 하는데 어쩌지? 하면서 그냥 마구마구 울어 버렸어. 엄마 마음을 알 것도 같고. 근데 또 소풍 때, 운동회 때 엄마 아빠가 오지 않는 그 기분을 내가 잘 알기 때문에 수영이

한테는 그런 기억을 남기기 싫어서 차라리 그날 학교 가지 말라고 하고 싶었는데 수영이가 정말 가고 싶대. 그래서 토요일에 선생님께 말씀드리고 가려고. 사람들이 불쌍한 눈길로 쳐다보겠지? 쟤는 뭔데 엄마도 아빠도 없나? 하고 말이야. 그래도 괜찮아. 내 친구들이 같이 가 준대. 그래서 수영이한테 즐거운 소풍 기억을 남겨 주려고. 나 다 컸지 엄마? 나 엄마 마음도 조금은 알 것 같아. 일하면서 집안일에 신경 쓰고 밥하고 청소하고 빨래하고. 청소 로봇, 일하는 로봇처럼 일만 하고 간 우리 엄마. 사고 싶은 거, 먹고 싶은 것도 하나 사 보지 못하고. 바보 같은 우리 엄마.

엄마, 나 미역국만 보면 그때 생각이 나. 내가 강릉에 예절 교육 받으러 갈 때 엄마가 가지 말라고 말렸잖아. 기어들어 가는 목소리로 말하는 엄마가 이상했어. 난 그냥 무시하고 갔잖아. 바보같이. 그 일정 동안 내 생일이 끼어 있었어. 그때 엄마가 해 주는 미역국을 꼭 먹었어야 했는데. 내 생일 지나고 다음 날 저녁에 아빠가 전화를 했더라. 안부 전화인 줄 알았는데 아빠가 "소영아, 엄마 다시 병원 갔다. 걱정하지 마라. 엄마 금방 올 거니까 교육 잘 받고 와." 그러는 거야. 나 아빠 말 듣고 막 울었어. 엄마가 얼마나 미운지 펑펑 울었어. 그때 엄마 보면 정말 엄마한테 엄청 화내고 싶었어. 왜 자꾸 아픈 거냐고 말이야. 근데 이게 뭐야? 중환자실. 물도 먹지 마세요. 고개 숙이고 있는 아빠. "엄마 이제 보내 줘야 할 거 같아." 나 엄마 아빠 앞에서 정말 울기 싫었는데, 엄마한테 해 준 것도 없고, 엄마랑 그 흔한 사진 한 장

제대로 못 찍었는데 어떻게 엄마를 그냥 보내 주냐고? 나 정말 펑펑 울었어. 엄마가 나한테 마지막으로 그랬잖아. "소영아, 엄마가 미안해. 집에 미역국 끓여 놨으니까 먹고……. 미술 열심히 해서 성공해. 수영이 잘 부탁해……." 이 말 듣고 너무 눈물이 나서 화장실로 달려가 막 울었어. 그때 내 목소리 들렸어? 다시 병실에 가 보니 엄마는 없더라고. 영안실에 있다고. 나 아직 엄마한테 미안하다는 말도, 사랑한다는 말도 못 했는데……. 엄마 장례식 치르고 집에 왔는데 냄비에 정성껏 담긴 미역국. 그 미역국 보면서……. 엄마, 수영이 걱정 마. 내가 언니니까 잘 키울 거야. 그러니까 항상 옆에서 지켜봐 줘, 엄마!

사랑하는 엄마. 아무것도 모르고 투정 부리고 짜증만 내던 큰딸. 엄마 행복하게 해 주지도 못하고. 고등학교 졸업식은 꼭 엄마 손 꼭 잡고 사진 찍으려 했는데……. 그래도 괜찮아. 아빠랑 수영이랑 찍어서 엄마 볼 수 있는 곳에 꼭 놔둘게. 엄마 마지막으로 부탁이 있어. 다음 세상에서도 꼭 우리 엄마로 태어나 줘. 그땐 우리 정말 행복하게 살자 엄마. 아프지도 말고 사랑하자. 엄마 마음 이해도 못 해 주고, 엄마 아픈데 투정만 부린 거 정말 미안해. 엄마가 이 편지를 진짜로 읽어 줬으면 좋겠다. 엄마 고마워. 거기서는 아프지 마. 미안해. 사랑해. 사랑해. 사랑해. 거기선 아프지 마. 보고 싶어 우리 엄마.

세상에 하나밖에 없는 우리 엄마 딸 소영이 올림

1 글쓴이가 돌아가신 어머니를 떠올리며 후회한 일은 어떤 것인가요?

2 부모님이 밉거나 싫었던 적이 있다면 그때 일을 부모님 입장이 되어 다시
  한 번 생각해 보세요.

친구들의 느낌은? ....

앞부분을 읽을 때 눈물이 한두 방울 흘렸지만 그냥 그 정도로 그칠 것 같았다. 그런데 계속

울었다. 소영이가 정말 대견하고 불쌍했다. 언니가 나에게 해 준 일들도 생각났고, 엄마한

테 심하게 한 것도 다 생각났다. 이 글을 읽고 정말 여러 가지 생각이 들어서 좋았다.

_이소영

초등학교 4학년이었을 때 이 글과 비슷한 경험을 했다. 엄마가 쓰러져 입원한 지 16일 만

에 일어나셨다. 엄마가 입원해 있는 동안 동생들을 돌보느라 힘들었지만, 그때까지 그 일

을 했을 엄마를 생각하면서 참았다. 엄마가 퇴원하던 날 집에 온 엄마를 보고 미안해서 울

었다. 글쓴이의 마음을 이해할 것 같다. _김소영

가족이란 이름의 울타리

이충렬

아궁이에서 쇠죽을 쑤어 날라야 했기 때문일까, 외양간은 부엌 가장 가까운 곳에 있었다. 날이 추워지면 짚으로 짠 덕석*을 입혀 주고 봄이 오면 가장 먼저 외양간을 깨끗이 치우곤 했다.

그렇게 소는 자식들과 함께 나이를 먹으며 한 가족의 역사를 지켜보았다. 생구*, 한 식구이자 가족이었기에.

할아버지는 그런 소를 위해 불편을 감수하면서까지 농약을 치지 않고 새벽마다 따뜻한 쇠죽을 끓여 건넨다. 거기에는 어떤 말보다 진한 배려와 이해, 사랑이 있다.

따뜻한 밥을 함께 먹는 사람들, 식구. 어떻게 해서라도 밥은 굶기지 않겠다는 책임감. 밥을 나누듯 서로의 생명을 나누어 가진 사람들. 그래서 가족이란 이름에는 밥 한 그릇의 따뜻함과 온기가 스며 있는 모양이다.

겨울날 방 안에 놓아 둔 자리끼*가 어는 새벽녘이면 아랫목으로만 파고들던 여러 개의 발들과 그 발에서 전해지던 따스한 온기가 있어 춥지 않았다. 어머니 몰래 쌀독에서 훔쳐 낸 쌀 한 줌과 설탕 한 숟갈에 행복했고 고구마 몇 개에 호사스러움을 느끼던 그 시절, 궁핍했으나 가난하지 않았다. 가족이 둘러앉은 비좁은 방 안에서 그래도 행복했다. 서로의 삶에 온기를 불어넣으며 마음을 데워 주던 가족이란 이름의 울타리 때문이었다.

하지만 이제는 저마다 다른 신발 사이즈처럼 각자의 삶을 살아가며, 명절이나 되어야 모여 앉을 수 있는 사이가 되었다. 물리적인 거리만큼이나 서로의 삶에서 멀리 떨어져 나왔다.

일본의 영화감독 기타노 다케시는 "가족이란 누가 보고 있지만 않다면 어디 내다 버리고 싶은 존재"라고 했다. 귀찮다고 어디 내다 버릴 수 있는 존재가 아니라서, 생명을 나눈 만큼 서로가 책임져야 할 존재들이라서, 가족을 생각하다 보면 함부로 살수가 없다.

그것이 더러는 짐이 되기도 한다. 하지만 삶이 유독 나에게만 혹독하다고 생각될 때 비로소 알게 된다. 삶이 아무리 힘들어도 쉽게 포기할 수 없는 것은 어떤 거창한 이유 때문이 아니라 그저 가족이 있기 때문이라는 것을.

세상에 지칠 때면 언제든 돌아가 쉴 수 있는 집이 있고, 그곳에는 우리가 어떤 모습이건 말없이 응원을 보내 주는 가족이 있다

• 덕석 | 추울 때 소의 등을 덮어 주기 위해 짚으로 네모지게 만든 큰 깔개.
• 생구(生口) | 집에서 기르는 짐승.
• 자리끼 | 밤에 자다가 마시기 위해 머리맡에 준비하여 두는 물.

는 데 위로를 받으며 또 살아가는 것이다. 그러니 감사할 일이다.

그런데도 어째서 우리는 가까운 것들은 함부로 대하고 마는 것일까. 가깝다는 이유만으로 가장 많은 상처를 남기는 대상도 돌아보면 가족이다. 마치 형벌처럼, 인간은 소중한 것이 사라지고 나서야 비로소 그 소중함을 깨닫는 모양이다.

가족이란 이름을 만들어 가는 데도 노력이 필요함을 알겠다. 고춧가루 낀 입으로도 거리낌 없이 웃을 수 있고 자고 일어나 입 냄새 풀풀 풍기며 편하게 이야기할 수 있는 그 사람들에게도, 존중해 주어야 할 각자의 삶이 있음을 우리는 자주 잊어버린다.

그들 역시 우리가 이해하고 배려해야 할, 힘겹게 한 세상을 살아가는 존재일 뿐. 그러니 가끔은 아주 낯선 타인처럼 그들을 바라보아도 좋겠다.

우리, 가족이라는 이름으로 서로를 온전히 이해할 수는 없어도 사랑할 수 있었으면 한다. 있는 그대로를 받아들일 수 있었으면 한다.

그리고 그 가족의 마음으로 생명이 있는 것들을 대할 수 있었으면 한다. 소를 한 가족처럼 대하던 그 마음으로, 마당으로 날아든 풀씨 하나 뽑아내지 않던 우리 부모님의 마음으로 '따순' 밥 나누며 함께 살아가는 그 모든 이들을 품으며 더불어 사는 법을 놓지 않았으면 한다.

《워낭소리》(링거스그룹, 2009)

:: 생각할 거리

1 글쓴이는 가족이란 이름을 만들어 가는 데 어떤 노력이 필요하다고 했나
요?

2 가족을 짐스럽게 느꼈거나 가족에게 상처 받았던 경험, 가족에게 고마움을
느꼈던 경험을 말해 보세요.

친구들의 느낌은? ....

가족이 언젠가는 저마다 다른 신발 사이즈처럼 각자의 삶을 살아가야 한다는 말이 곧 다가

올 사실이라서 안타까웠다. _김영오

사실 나는 옛날 가난하던 시절에는 도대체 어떻게 살았을까 의아했었다. 이 글을 읽어 보

니 그때는 비록 가난했지만 서로 간의 정이 있었기에 살 수 있지 않았나 하는 생각이 들었

다. 나도 가끔은 내 가족들을 아주 낯선 타인처럼 바라보면서 그들을 이해하려고 노력해야

겠다. _우수몽

일본 영화감독이 "가족이란 누가 보고 있지만 않다면 어디 내다 버리고 싶은 존재"라고 했

다는데, 그런 생각은 누구나 해 봤을 법하다. 가까이서 지내는 시간이 많으면 친밀함이 커

지는 반면 마찰도 많은 법이기 때문이다. _정화랑

엄마의 마지막 유머

박완서

어머니는 구십 장수를 누리셨지만 한 번도 망령된 말씀이나 이상한 행동을 하신 적이 없다. 그러나 돌아가시기 십여 년 전, 눈에서 미끄러지셔서 많이 다치신 적이 있다. 대퇴부가 크게 부서져서 두 번의 대수술 끝에 겨우 걸으실 수 있게 되었지만 한쪽 다리가 짧아져서 심하게 절룩거리게 되었다. 어머니는 그걸 창피하게 여기셔서 거의 외출을 안 하시는 대신 집 안에서는 틈만 나면 방에서 마루로, 마루에서 마당으로 왔다 갔다 걸음 연습에 힘쓰셨기 때문에 의식이 있는 날까지 화장실 출입과 목욕은 혼자 하실 수 있었다. 의식을 놓고 혼수상태에 빠진 건 사나흘밖에 안 됐는데, 그동안에도 간간이 의식이 돌아와 눈을 뜨시면 눈앞에 얼굴을 들이대고 내가 누구냐고 묻는 문병객이나 식구들의 이름을 정확하게 알아맞히는 놀라운 정신력을 보여 주셨다. 그런 어머니가 딱 한 번 이상한 말씀을 하신 적이 있다. 아마 돌아가시기 하루 전쯤이었을 것이다. 우린 솔직히 이제나저제나 그분의 임종을 기다리고 있을 때였다.

번쩍 눈을 뜨시더니 상체를 일으킬 듯이 고개를 드시고는, 당신의 발치를 손가락질하시면서 희미하지만 정확한 발음으로 "호뱅이, 네가 웬일이냐?" 하시는 게 아닌가. 어머니가 반기듯이 바라보시는 발치엔 물론 아무도 없었다. 나는 헛것을 보는 엄마의 상체를 다독거리며 "엄마는, 호뱅이가 어디 있다고 그래요?" 하려고 했지만 웃음 먼저 복받쳤다. 그 자리에 같이 있던 조카들이 호뱅이가 누구냐고 물었다. 예전에 시골집에 있던 머슴 이름이라고 했더니, 할머니가 그 머슴 좋아했나?, 라고 이죽대면서 역시 푹 하고 웃음을 터뜨렸고, 다들 따라 웃었다. 엄숙하고 침통해야 할 임종의 자리가 잠깐 웃음판이 되었다. 호뱅이라는 이름도 좀 코믹한데 어머니가 마지막 본 헛것이 호뱅이라니, 너무 엉뚱해 웃음밖에 나올 게 없었다. 쉽게 헛것을 볼 것 같지 않은 명징한* 분의 임종의 자리에 나타난 헛것이라면, 그분의 마음속에 애정이건 증오건 간에 맺혀 있던 사람이어야 마땅하니까, 손자의 상상력도 무리는 아니었지만, 호뱅이를 아는 나는 짚이는 데가 있었다.

호뱅이가 우리 집 머슴이라고는 했지만 실은 우리 마을의 머슴이었다. 그는 20여 호밖에 안 되는 작은 우리 마을에서도 한참 떨어진 고개 밑 외딴집에서 늙은 어머니와 단둘이 살았다. 마을 앞 넓은 벌은 20여 호를 먹여 살리는 농지였고, 땅을 많이 가

* 명징하다 | 깨끗하고 맑다.

진 집도 있고 적게 가진 집도 있었지만, 큰 지주도 소작농도 없는 다들 그만그만한 자작농들이었다. 호뱅이네만 땅 한 뙈기* 없었기 때문에 기운이 센 호뱅이가 품을 팔아서 노모를 부양했다. 시골선 아무리 늙은이라도 쉴 새가 없는데 그 노인네만은 늘 장죽*이나 물고 오락가락했다. 병신 자식 둔 사람이 더 효도받는다고 사람들이 수군거리는 걸로 봐서나, 어른 아이 할 것 없이 다들 그를 호뱅이라는 이름으로 부르는 걸로 봐서나 약간은 모자라지 않았나 싶다. 기운은 장사였다.

우리 집은 아버지가 일찍 돌아가시고 삼촌들도 대처에 나가 있어 남자 일손이 딸리는 집이어서 아마 호뱅이를 제일 많이 썼을 것이다. 나도 예사롭게 그를 호뱅이라고 부르다가, 삼촌보다 더 나이 들어 뵈는 그를 이름으로 부르는 게 문득 미안해진 건 아마 서울서 학교를 다니게 된 후였을 것이다. 방학 때만 보게 되는 스스러움*과 학교 다니면서 익히게 된 예절 교육 덕으로 그를 이름으로 부르는 게 불편해졌다. 그러나 상하 위계질서 따지기 좋아하고, 호칭에 까다로운 우리 집 어른들도 호뱅이는 장가를 못 갔으니까 그렇게 불러도 괜찮다는 식으로 대수롭지 않게 말했다. 결혼을 하기 전에는 어른 취급을 안 해 주는 당시의 풍습 때문이기도 했지만, 20여 호가 두 가지 성(姓)으로 구성된 씨족 마을에서 호뱅이는 어떤 성에도 소속이 안 되는 이방인이었다. 따라서 누구 형이라든가 누구 아저씨라는 식으로 바꿔 부를 만한 인척 간의 호칭도 그에게는 해당이 안 됐던 것이다.

우리 집에서 호뱅이를 제일 요긴하게 쓸 적은 엄마하고 내가 시골집에서 방학을 보내고 서울로 돌아올 때였다. 서울서 힘들게 사는 우리를 위해 할머니는 뭐든지 싸 주고 싶어 했고, 엄마도 될 수 있는 대로 많이 가져오고 싶어 했다. 쌀을 비롯한 올망졸망한 잡곡, 무, 배추, 감자, 옥수수 따위를 지게에 높다랗게 지고 앞서 가는 호뱅이의 정강이는 구리 기둥처럼 단단했지만 얼굴 표정은 너무 착해서 모자라 보이는 건 사실이었다. 실제로 그의 노모가 마을 사람들에게 애걸복걸 중신을 부탁해서 장가도 몇 번 안 가 본 건 아닌데, 여자들이 하나같이 열흘을 못 살고 도망쳤다는 소문이고 보니 똑똑해 보일 리가 없었다.

한번은 내일이 개학날이어서 오늘 안 돌아갈 수가 없는데 장대비가 계속되어 개성역까지 가는 도중에 있는 냇물 다리가 떠내려간 적이 있다. 다리만 떠내려간 게 아니라 냇물이 사나운 강물처럼 황톳빛으로 소용돌이치고 있었다. 나는 겁에 질려 울먹울먹했다. 호뱅이는 걱정 말라고 나를 안심시키고 짐을 먼저 강 건너에다 내려놓고 되돌아와 나를 지게 위에 올라 앉혔다. 그가 지게 작대기로 얕은 데를 골라 가며 탁류를 헤치는 걸 지게 위에서 내려다보며 느낀, 노한 자연에 대한 공포감과 우직하고 강

* 뙈기 | 일정하게 경계를 지은 논밭을 세는 단위.
* 장죽 | 긴 담뱃대.
* 스스럽다 | 서로 사귀어서 든 정이 두텁지 않아 조심스럽다.

건한 남자를 미더워 하던 마음은 오래도록 내 마음에 남아 있다. 딸을 태운 지게 뒤를 따라 호뱅이만 믿고 강을 건너던 엄마의 마음도 아마 그러했을 것이다. 지금으로부터는 60여 년 전, 엄마의 임종 당시로부터 계산해도 50여 년 전 일이다.

철없이 한바탕 웃고 나서 이내 숙연해졌다. 어머니는 불편한 다리를 이끌고 저승길 가기가 아마 걱정이었을 것이다. 그때 홀연 호뱅이가 떡판처럼 든든한 등을 빌려 주기 위해 나타난 게 아니었을까. 착한 영혼을 하늘나라로 인도한다는 미카엘* 천사처럼.

호뱅이한테 업혀서라면 어머니를 안심하고 떠나보내도 될 것 같았다. 호뱅이가 하늘나라 주민이라는 건 의심의 여지가 없었으니까.

《호미》(열림원, 2007)

---

* 미카엘 | 성경에 나오는 일곱 천사 가운데 하나.

:: 생각할 거리

1 호뱅이가 임종을 앞두고 있는 글쓴이의 어머니 앞에 나타난 까닭은 무엇인
가요?

2 여러분이 그동안 만난 수많은 사람들 가운데 특별히 기억에 남는 사람이
있다면 그 까닭을 말해 보세요.

친구들의 느낌은? ···

나도 글쓴이와 같은 생각을 한다. 엄마를 많이 도와주었던 호뱅이와 함께 엄마가 하늘로

간다고 생각한다면 마음이 편할 것 같다. 위험한 길에서도 호뱅이가 지켜 줄 것만 같은 생

각이 든다. _이다솔

사람의 인품은 가난한가 부유한가에 달려 있는 게 아니라 그 사람이 인생을 살며 했던 여

러 행동에 달려 있다고 생각한다. 이 글을 보면서 사람 간의 신뢰가 중요하다는 것을 깨달

았다. _조아람

행복한 죽음

최순민

2004년 8월 무더운 여름날, 큰어머니께서 돌아가셨다. 그 소식을 들은 나는 너무 갑작스러운 일이라 믿기 어려웠다. 가족들과 급히 담양으로 내려가는 동안 우린 아무 말도 하지 못한 채 서로를 바라만 보았다.

장례식장에 들어서자 소복을 입은 채 눈에는 눈물이 그렁그렁한 사촌 누나가 보였다. 나도 한 30분간을 정신없이 울었다. 그때, 그렇게 괴로운 상황 속에서 나는 배고픔을 달래기 위해 옆에 놓여 있던 과일을 먹었다. 그러면서 내가 누나에게 이런 말을 했다. "난 인간이 이렇게 동물적이고 본능적인 존재인지 처음 알았다." 슬퍼해야 하는 상황인데도, 배고픔이라는 육체적인 고통을 이기지 못하고 과일을 먹는 내 자신이 부끄럽고 정말 증오스러웠다.

그때, 갑자기 밖에서 왁자지껄한 소리가 들려왔다. 나가 보니 부산과 서울, 전국 각지에 흩어져 있던 친척들이 소식을 듣고 급히 달려와 계셨다. 순간 나는 내 눈앞에 펼쳐진 광경을 보고 놀라지 않을 수 없었다. 한쪽에서는 가족, 친구, 지인을 잃은 슬픔에 젖어 침통해 하고 있었지만, 다른 한쪽에서는 술을 들이켜면서 오랜만에 만난 사람들과 이야기를 하며 웃고 있는 사람들이 보였다.

당시 어렸던 나에게는 큰 충격이었다. 그 뒤로 나는 '장례식이 슬픔과 고통의 의식일 뿐만 아니라 기쁨과 반가움의 의식이 될 수도 있구나.' 하는 생각을 하게 되었다. 생각해 보면, 나 자신도 그렇게 슬퍼하던 와중에 오랜만에 만난 친척들과 이웃들을 보고 반가워하지 않았던가?

나는 그 경험 이후, 장례식을 '만남과 축복의 의식'이라는 새로운 관점에서 보게 되었다. 이 세상의 삶을 충실히 살았다면 축복을 받으며 행복하게 떠나가야 하는 게 옳은 것 아닐까, 죽음이라는 것을 삶의 반대라고만 생각하고 살아 있는 자들의 입장으로만 해석해서 슬픔과 고통이라고 여기는 것은 죽음의 한 단면만을 보고 있는 것 아닐까 하는 의문이 들었기 때문이다.

그 뒤로 책을 통해 알게 된 진도의 '다시래기'라는 장례는 내가 그때 느꼈던 장례식의 분위기와 비슷했다. '다시래기'는 '다시 태어난다, 다시 즐긴다'는 뜻으로, 망자*는 소란스러운 것을 좋아한다는 우리네 풍습에서부터 시작되었다. 실제로 전라도 지역에서는 상갓집이 잔칫집에 버금갈 정도로 신나는 분위기였다고

• 망자 | 죽은 사람.

한다.

 나는 이를 통해 장례라는 것에 대해 깊이 알아보다가 '삶과 죽음'에 대한 깊은 생각을 해 볼 수 있어서 정신적으로 조금 더 성장할 수 있었다. 또 우리 큰어머니께서는 열심히 사셨고, 후회 없는 삶을 사셨기 때문에 내가 슬퍼만 해서도 안 되겠다는 생각을 했다. 그리고 하늘나라에서 더욱 행복하게 사시기를 빌어 드리는 것이 진정으로 큰어머니의 '행복한 죽음'을 위로하는 것이 아닐까 하는 생각을 했다.

1 글쓴이가 큰어머니의 장례식장에서 자신을 부끄럽게 여기고 증오한 까닭이 무엇인지 말해 보세요.

2 새롭게 알게 된 사실 때문에 충격을 받았거나 놀란 적이 있다면 그때의 경험을 말해 보세요.

친구들의 느낌은? ······

나도 최근에 친척들이 돌아가셔서 장례식장에 여러 번 갔다 왔기 때문에 글쓴이의 말에 공감한다. 그곳에서 사람들이 떠들면서 술을 마시고 웃으며 식사하는 모습을 이해할 수 없었다. 하지만 이제는 그 모습들을 이해할 수 있다. _김예지

너무 슬퍼하지 말고 하늘나라에서 잘 살게 빌어 드리는 것도 좋지만, 장례식장에서 사람들이 웃고 이야기를 나누는 모습은 별로였다. 사람이 죽었으니 엄숙한 분위기로 장례를 지냈으면 좋겠다. _황지혜

꿈속에 또 꿈

이윤기

딩동 딩동.

일요일 아침인데 초인종이 울린다. 좀 드문 일이다.

"누구세요?"

"재활용품 수거반원인데요."

'재활용품 수거반원?'

우리 마을의 재활용품이 수거되는 날은 금요일이다. 일요일에
수거반원이 내 집을 찾아올 일은 없다. 그래서 느낌이 썩 유쾌하
지 않다. 전에 한 차례 돈을 뜯긴 적이 있기 때문이다. 동료의 생
일이라나 뭐라나 하면서 성의 표시를 해 달라고 해서 푼돈을 준
적이 있다.

하지만 요즘은 이런 일이 일어나지 않는다. 초인종 앞에 사람
세워 놓고 자꾸 따지는 것 또한 유쾌한 일이 아니다. 하지만 물
어보지 않을 수도 없다.

"웬일이신데요?"

"이 댁 사장님께 책 한 권 증정하려고요."

'책?'

'재활용품 수거반원과 책 한 권?'

'증정?'

나의 상상력으로는 이 셋을 연결시킬 수가 없다. 문을 열고 맞으러 나간다.

40대 중반의, 말쑥하게 차려입은 사내가 책 봉투를 내민다. 사내는 이어서 왼손에 들고 있던 꾸러미를 내민다. 출렁하는 느낌이 오는 것으로 보아 술병인 것 같다. 책 봉투와 술병을 받고 보니 약간 난감해진다.

"일요일이라는 거 알고 있습니다. 불쑥 찾아와서 죄송스럽지만 고맙다는 말씀을 꼭 전하고 싶었습니다. 방해가 되었다면 이것만 드리고 이만 돌아가겠습니다."

순간 사연이 궁금했다. 재활용품 수거. 책? 증정? 고맙다는 말씀? 그를 집 안으로 들어오게 한다. 자리에 앉자 그가 서둘러 설명한다. 나의 시간을 빼앗지 않으려는 배려가 말을 매우 빨라지게 한다.

"지방에서 고등학교 다니다 무작정 상경했습니다. 어린 시절에는 책을 참 좋아했습니다. 열심히 읽고 열심히 생각하고 열심히 쓰면 글쓰기를 직업으로 삼을 수 있다는 것도 알고 있었습니다. 글쓰기, 이건 저의 꿈이었습니다. 하지만 서울에 올라온 뒤부터 책과 멀어졌습니다. 먹고사는 일에 바빠 책 살 여유가 없었습니다. 그래서 그 꿈을, 접는 줄도 모르는 사이에 접어야 했습니다. 10년 전부터 재활용품 수거반원으로 일을 하고 있습니다만, 이게 꽤 중노동이어서 책이 있어도 읽기가 쉽지 않았습니다. 그런데 4년 전 사장님께서 대문 앞에다 문학잡지를 수십 권씩 재활용품으로 내어 놓지 않았습니까? 제가 그걸 직권*으로 빼돌렸습니다. 지난 4년 동안 사장님께서 재활용품으로 내어 놓으신 문학잡지 수백 권은 전부 제 집에 있습니다. 집에다 쌓아 놓고 틈날 때마다 읽었는데, 이게 무척 재미가 있는 겁니다. 그중에서도 수필이 재미있었습니다. 자잘한 일들이 글꼴을 갖추어 가는 과정이 참 재미있었습니다. 흉내를 낼 수도 있을 것 같았고요. 그래서 2년 전부터 수필이라는 걸 써서 여기저기 응모하고는 했는데, 이 중 두 편이 덜커덕 당선되었습니다. 오늘 제가 가지고 온 이 책에 실려 있습니다. 출판사에서는 며칠 전부터 저를 수필가로 불렀고요. 꿈이 이루어진 겁니다. 사장님, 고맙습니다."

"나는 사장은 아닙니다만, 축하합니다, 꿈을 이루셨군요."

사서 읽은 책, 저자로부터 선물받아 읽은 책, 출판사가 보내 준 책. 공부방이 책으로 넘쳐 난다. 한 달만 모아도 돌 지난 아이 키만큼 쌓인다. 책 정리가 늘 번거롭기도 하려니와 지식 정보가 내 공부방에서 꽉 막혀 있는 것 같아서 안타까웠다.

그래서 2년 전부터는 책을 지정된 곳으로 보내기로 하고 있다. 하지만 시사잡지나 문학잡지는 기증할 수가 없다. 그래서 웬만큼 모이면, 날씨가 좋을 경우에는 목요일 오후, 흐릴 경우에는 금요일 아침 일찍 대문 앞에다 내어놓는다. 잡지가 비를 맞아서는 안 되기 때문이다. 잡지를 대문 밖에 내어놓을 때마다 나는 꿈을 꾼다. 누군가가 그 잡지를 읽게 되는 경우를 꿈꾼다.

나의 꿈도 이루어지려나.

《내려올 때 보았네》(비채, 2007)

• 직권 | 자신이 맡은 일을 하면서 행사할 수 있는 권한.

:: 생각할 거리

1 글쓴이가 일요일 아침에 자신을 찾아온 재활용품 수거반원을 유쾌하게 여기지 않은 까닭은 무엇인지 말해 보세요.

2 여러분의 장래 희망은 무엇인지 말해 보고, 그것이 다른 사람들에게 어떤 도움을 줄 수 있을지 생각해 보세요.

친구들의 느낌은? ···

이 글은 '나비효과'라는 것이 진짜로 존재하는 듯한 모습을 보여 준다. 재활용품 수거반원이 버린 잡지를 가져가서 읽고 수필을 쓴 것은 꿈을 이루려는 의지에 따른 것이었지만, 그 발판은 우연히 마련된 것이다. 이런 걸 보면 세상은 하나로 연결된 것 같다. _이준서

처음에 제목만 봤을 때는 〈구운몽〉과 같은 구조의 글이라고 생각했는데, 실질적인 내용은 전혀 달랐다. 한 사람의 생각지도 못했던 행동이 다른 사람의 꿈을 이룰 수 있는 원동력이 되었다는 훈훈한 얘기였다. 나는 모든 면에서 부족하지만 다른 사람에게 꿈과 희망을 줄 수 있는 그런 사람이 되고 싶다. _박찬현

내 고향 연제동 외촌 마을

안새롬

"촌년아! 야, 촌년!"

초등학교 2학년 시절, 광주광역시 북구 양산동에 사는 한 여자 아이는 항상 날 '촌년'이라 불렀다. 숫기 없고 내성적이었던 나는 한마디도 대꾸할 수 없었다. 그저 변두리 연제동에서 살고 있는 내 잘못이라고만 생각했다.

"야, 귀가 먹었냐? 얼굴 넓적한 촌년 주제에 왜 내 말 먹어?"

하굣길, 연제동서 같이 사는 친구와 함께 가고 있노라면 그 아이는 내 뒤로 졸졸 따라붙으며 나를 괴롭혀 댔다. '오늘은 꼭 이사 가자고 할 거야…….' 그 아이가 사라지면 나는 펑펑 울면서 오늘은 꼭 아빠에게 이사 가자고 말하리라 다짐하곤 했다.

그러나 그것이 생각처럼 쉬운 게 아니었다. 그 당시 부모님과 할머니 모두 피곤할 정도로 먼 곳으로 일을 다니고 계셨다. '그래, 이사 갈 수 있었다면 진작 갔을 거다. 직장에서 가까운 곳으로……. 돈, 우리 집엔 그게 없다. 그러니까 나는 계속 촌년으로 살아야 한다.'라며 혼자 끙끙 앓았다. 나이보다 정신적으로 더 성숙했던 나는 도저히 이사 얘기를 부모님께 꺼내 놓을 수가 없었다. 아빠랑 엄마랑, 그리고 할머니까지 슬프게 만들 순 없었기 때문에. 나에게 미안하다고 말하게 하고 싶지 않았기 때문에.

그래서 새로운 다짐을 하게 되었다. 양산동 사는 아이가 놀려대도 참자고. 선택할 수 있는 길은 그뿐이니까. 그렇게 일 년 가까이 더 버티었다. 눈도 꿈쩍 않고 들은 체 만 체했더니 제 풀에 지쳤는지 아니면 그새 철이 들었는지 어느 순간부터 그 아이는 더 이상 '촌년'이라는 말을 입 밖에 꺼내지 않았다.

지금 생각해 봐도 그때 꿋꿋이 버티길 잘했다. 왜냐하면 초등학교 2학년 시절은 어린 나에겐 모든 것이 힘들었지만 정말로 최고의 추억들만 안겨다 주었으니까. 시골이 얼마나 좋은데! 그때 도시에서 살았더라면 얻지 못했을 많은 것들이 거기엔 다 있었다. 자연 안엔 다 있었다. 봄, 여름, 가을, 겨울이 바뀜에 따라 우리 가족도 그에 어울렸다. 봄에는 엄마와 쑥 캐러 가느라, 여름에는 동생과 네 잎 클로버를 찾는다고 들판에 파묻혀 살았다. 그러다가 마침내 네 잎 클로버를 찾아서 화단에 옮겨 심었다. 가을에는 깨 터는 할머니 옆에서 파리똥을 따 먹느라 시간 가는 줄을 몰랐다. 겨울에 아빠와 함께 밤새 정강이까지 푹푹 묻힐 정도로 수북이 쌓인 눈을 치우는 재미란! 말로는 다 이를 수 없다.

3학년 때, 드디어 이사를 가게 되었다. 내 어린 시절의 집약체라 할 수 있는 소중한 추억으로 가득 찬 곳을 떠나게 된다고 생각하니 기분이 묘했다. 1년 전만 해도 떠나지 못해 무거운 눈물

을 애써 삼키며 어쩔 수 없이 지내던 곳. 겨우 1년이 지났을 뿐인
데 모든 생각이 바뀌어 있었던 것이다. 차에 올라타는 그 순간까
지 살던 집에서 눈을 떼지 못했다. 아직도 눈에 선한 그 주홍색
지붕……. 죽을 때까지 그 지붕을 보고 살 줄 알았는데 이렇게
헤어지게 되는구나 싶었다. 앙상한 가로수들도 쓸쓸히 나를 배
웅해 주는 것 같았다. 눈에는 어느새 눈물이 고였고, 결국엔 울
음을 터트리고 말았다.

뒷이야기지만 그때 울었던 건 헛수고였다. 도시로 가게 될 거
라고 굳게 믿었건만 도착한 곳은 담양이었다. 하하하! 담양에서
도 많은 추억거리를 만들 수 있었지만 연제동 촌년 시절만큼 기
억에 남지 않는다. 그곳은 마치 내 일부처럼 풍경 하나하나를 모
두 떠올릴 수 있을 만큼 각인되어 있다. 더 빨리 사랑해 주지 못
해 늘 미안한 곳, 유년의 아름다운 추억이 존재하는 소중한 곳,
그래서 죽을 때까지 잊지 못할 곳.

연 · 제 · 동 · 외 · 촌 · 마 · 을!

:: 생각할 거리

1 글쓴이가 부모님께 이사 가자는 이야기를 꺼내지 못한 까닭은 무엇인가
  요?

2 여러분이 지금 살고 있는 동네나 예전에 살았던 동네에 추억할 만한 특별
  한 기억이 있다면 무엇인지 말해 보세요.

친구들의 느낌은? ···

새롬이는 외촌 마을이 더 좋고 기억에 잘 남는다고 했다. 그런데 만날 괴롭힘을 당하고 살

았다면서 왜 추억이 많다고 했을까? 대체 무엇이 그렇게 새롬이를 기쁘게 해서 추억을 만

들어 준 것일까? _임동환

나는 칠곡에서 살다가 지산동으로 이사 가 두산초등학교에 입학했다. 그때는 외톨이가 된

기분이 들었다. 친구들이 모두 칠곡에 있었고, 다른 친구들이 자기들끼리만 놀았기 때문이

다. 그땐 새롬이처럼 다시 칠곡으로 가고 싶었지만, 그럴 수 없었다. 지금은 철이 들어 그

때 일을 생각하면 그저 피식 웃음만 난다. 가끔은 그때가 그립다. _서현민

102

간장 콜라

김성중

내가 사는 곳은 일산입니다. 서울 사시던 부모님은 은퇴하신 뒤 내가 살고 있는 집 근처로 이사를 오셨습니다. 그 뒤로 우리는 주말이면 부모님 댁에 모여 함께 저녁을 먹는 일이 많아졌지요. 예전 같으면 몇 달에 한 번 있을 일이었습니다. 그때 있었던 이야기입니다.

부모님 댁에 가서 냉장고를 열어 보니 1.5리터짜리 콜라가 한 병 들어 있었습니다. 처음에는 무심코 보아 넘기던 나는, 몇 주가 지나도 그 자리에 있는 콜라에 대해 궁금해지기 시작했습니다. 연세가 드시면서 입맛이 변하셨나? 그도 아니면 어디 속이라도 불편하여 소화제처럼 드시는 건 아닌가? 단순했던 궁금증이 점점 걱정으로 커지기 시작했습니다. 다음 주, 그 다음 주에도 콜라는 그 자리에 있었습니다. 그러던 어느 날 부모님 댁에 갔을 때였습니다. 전날 마신 술 때문에 갈증이 심하던 나는 냉장고 문을 열고 콜라를 집어 들었습니다. 그러고는 어머니께 물었습니다.

"이 콜라 제가 먹어도 되나요?"

"네 건데 네가 먹지, 그럼······."

가만히 짚어 보니 부모님이 콜라를 드시는 광경을 본 적이 한 번도 없었다는 생각이 들었습니다. 다들 고개를 주억거렸으리라 믿는데, 어르신들은 대부분 청량음료 따위를 좋아하시지 않지요. 사실 집안에서 콜라를 마시는 사람은 나뿐이었습니다. 어쩌다 큰 유리잔에 따라 단숨에 처리하고 트림을 끄윽 하거나, 간혹 색깔 꺼먼 스카치위스키*에 섞어 먹는 때 말고는 용도가 없는 콜라가 내 집도 아니고 부모님 댁에 그것도 오래전부터 냉장고 한 귀퉁이를 점령하고 있었던 것이지요.

내가 의아해 하며 무슨 말씀인지 여쭈어 보자 어머니는 웃으시며 말씀을 이으셨습니다.

"기억나니? 경기도 신장에 살 때 콜라병에 들어 있던 간장을 마셨던 일."

그러고 보니 기억이 났습니다. 아버지의 사업이 벌이는 일마다 꼬여 마침내 집까지 넘기고 전세로 옮겼다가 다시 월세로, 마침내는 경기도에 있는 아버지 친구 농장의 창고를 개조한 방으로 내려앉았던 시절이 있었습니다. 병역을 마치고 막 복학했던 때라 입대하기 전과 너무 달라진 환경에 적응하지 못하고 철없이 불만만 터트리던 나날들이었지요.

냉장고를 열어 보고 왜 음료수 한 병 없느냐는 둥 트집만 잡던 나의 철딱서니 없는 모습을 회상하면 개미구멍에라도 숨고 싶을 정도로 부끄럽습니다. 두 살 아래인 동생은 아르바이트는 물론 농장의 묘목에 물을 주는 것 같은 온갖 궂은일을 다 하면서도 불평 한마디 않았는데…….

그때는 공부한답시고 도서관에 밤늦게까지 남아 있다가 주머니 사정이 빤하지만 술을 좋아하는 친구들이 어울려 천 원씩 걷어 술을 마시던 '천 원 클럽'에서 주전 선수로 활동하던 시기이기도 합니다.

그러던 어느 날 아침이었습니다. 전날 퍼마신 술 때문에 목이 말라 새벽에 잠이 깬 나는 찬물을 마시려고 냉장고를 열었습니다. 그런데 이게 웬일입니까? 콜라가 한 병 떡하니 자리 잡고 있는 것이었습니다. 1.5리터짜리 페트병에 든 콜라가 아니라 750밀리리터짜리 유리병에 든 콜라로 기억하는데, 워낙 목이 말랐던 터라 마개를 땄는지조차 기억이 없을 정도로 잽싸게 콜라를 병째 마셨던 것입니다.

워낙 급하게 벌컥벌컥 마셔 대니 맛도 향도 느낄 사이 없이 절반 정도가 줄어들었을 때쯤일 겁니다.

구토, 구역질, 눈물, 콧물, 비명…….

그 병에 들어 있던 검은 용액은 콜라가 아닌 간장이었습니다. 불이 켜지고 마루로 뛰어나온 식구들은 나를 나무라지는 않았으나, 표정들로 미루어 보아 부주의한 내게 책임이 있다는 것을 분

• 스카치위스키 | 보리, 밀, 수수 따위의 맥아에 효모를 넣어 발효시킨 뒤 증류하여 만든 스코틀랜드산 술.

명히 하고 있었습니다. 그러나 말없이 걸레를 집으실 때 슬쩍 마주친 어머니의 안쓰러운 눈빛만은 또렷합니다.

그랬답니다. 너무 가난하여 좋아하는 콜라 한 병 사 주지 못했던 사무친 기억이 콜라 한 병을 늘 냉장고 안에 두게 만든 것입니다. 날씬한 여인의 허리 모양을 닮은 병에 들어 있는 그 용액은 단순히 시원하고 달콤한 음료수가 아니라 그날 어머니의 안쓰러움, 바로 그것의 원액*이라는 사실을 그제야 알게 되었습니다.

* 원액 | 가공하거나 물 따위를 넣어 묽게 하지 않은 본디의 액체.

:: 생각할 거리

1 글쓴이의 어머니가 드시지도 않는 콜라를 냉장고에 넣어 둔 까닭은 무엇인
  가요?

2 여러분은 언제 '부모님께서 나를 정말 사랑하시는구나.'라고 느꼈는지 말해
  보세요.

친구들의 느낌은? ···

나에게 콜라란 그저 패스트푸드를 시키면 딸려 나오는 탄산음료인데, 이 글에서는 어머니

가 아들에게 베푼 한 병의 사랑이 되었다. 뭐 어쨌든 나에겐 아직 콜라는 콜라일 뿐이다.

_배민석

이 글을 읽고 많은 점을 느낄 수 있었다. 콜라는 모든 사람이 마셔 봤을 만큼 맛도 있고 그

다지 비싸지도 않은 음료이다. 그런데도 가난 때문에 콜라 한 병 사 주지 못한 부모님의 마

음은 어떠하였을까? _이재현

말을 걸어 봐요

공선옥

길을 가다가 우리 아이들만 한 아이들이 지나가면 꼭 다가가서 말을 붙이게 된다. 분명 내가 지금보다 젊었을 때는 없던 습관이다. 처음 보는 아이들에게 말을 거는 것을 우리 아이들은 영판 싫어한다. 창피하다는 것이다. 그러면서 묻는 말이 "엄마 걔 알아?"다.

나 어렸을 때도 그랬던 것 같다. 엄마는 밭에 가는 길에 이웃 동네 아이들을 만나면 꼭 아가, 하고 말을 걸었다.

"아가, 엄마 아부지는 잘 계시냐?"

그러면 그 아이는 의아한 표정으로 다시 묻는다.

"아줌마 나 알아요?"

"알지 그럼, 내가 너를 모를개비? 너 이불에 오줌 싼 것도 알고, 다 안다 내가."

아이 얼굴이 붉어진다. 그러면서 얼른 대답한다. 엄마랑 아버지는 잘 계신다고. 그때야 엄마는 오냐, 잘 가라, 인사를 하거나 호주머니를 뒤져 당신 먹으려고 싸 가던 감자나 고구마를 나눠

주곤 했다. 그 다음엔 또 내가 물을 차례다. 엄마 개 진짜 알아? 엄마는 아무 대답도 안 하고 씨익 웃기만 하셨다. 안다는 건지 모른다는 건지.

내가 처음 보는 아이들에게 말을 거는 것은 엄마를 닮아서인지도 모르겠다. 그리고 물론 나는 내가 말을 걸었던 '개'를 모른다. 이름이 뭔지, 어디 사는지, 몇 살인지……. 그러나 또 나는 '개'를 영 모르는 것이 아니다. 우리는 지금 같은 시대에 살고 있으며 날마다 비슷한 음식을 먹고 살고 무엇보다 우리는 이웃이고 같은 사람이다. 이웃끼리 반가워 말 붙이는 게 뭐가 이상하단 말인가. 아파트 엘리베이터 안에서 이웃끼리 눈을 마주쳐도 서로 외면하는 것보다는 백 배 낫지 않은가. 서양인들이 처음 보는 사람끼리라도 눈이 마주치면 "안녕하세요?" 혹은 "좋은 아침이에요." 같은 가벼운 인사나 눈웃음을 나누는 모습이 나는 참 좋아 보인다.

엘리베이터 안에서 엄마 손을 잡은 아이와 눈이 마주쳤다. 눈을 마주쳐 놓고도 먼산바라기 하는 게 거북해서 내가 먼저 인사를 했더니 아이가 얼른 제 엄마 뒤로 숨는다. 그럴 때는 인사를 한 내 쪽이 무안해진다. 어느 땐 서로 몇 번 얼굴을 마주쳐서 빤히 '구면'인 줄 알면서도 고개 빳빳이 들고 눈은 딴 데로 돌리고 어색한 침묵을 유지하는 경우도 있다. 그럴 때 나는 사는 게 정말 재미없게 느껴진다. 반대로, 시골 버스를 타면 아, 사는 게 바로 이런 맛이구나, 싶어질 때가 있다. 모르는 사람들끼리 빤히 아는 '살아가는' 이야기를 나눌 때다. "올해 고추 농사는 잘되는 것 같지요?" "어데요, 우리 고추는 탄제가 와 허연데." "비가 너무 와서 걱정이지요?" "그래요, 비가 너무 오면 병충해가 들끓을 건데, 걱정이네요."

나는 이따금 '시골 마을 유람'을 간다. 시외버스 타고 아무 시골에나 내려 아무 마을에나 들어가 그냥 동네를 이곳저곳 구경하며 돌아다니는 것이다. 시골 마을 구경하기. 어디나 비슷한 것 같지만, 또 그 내밀한 속 풍경은 다 다른 것이 우리나라 시골 마을이다. 나는 그곳을 그냥 돌아다니기만 해도 저절로 그 동네 사람들이 살아온 내력이 읽혀지는 것 같다. 내가 동네를 돌아다닐 때면 집 앞에 나앉아 있던 노인들이 나를 부른다. 그냥 무심히, 일루 와 봐요.

나를 부르는 그 눈빛은 무구하다. 처음 본 사람에 대한 경계의 빛이란 애초에 없다. 있다면 약간의 호기심 정도. 어디서 왔냐고 묻지도 않고 혹 먹을 것이 있다면 먹을 것부터 내민다. 그래 놓고 나서 어디서 오셨느냐고 조심스레 묻는 것이다. 작년 여름에도 전라도 고창의 어느 마을을 그렇게 구경하며 다니다가 나는 그렇게 손님 아닌 손님 대접을 받았다. 그러고 보니 옛날에 우리 고향 마을도 그랬던 것 같다. 그때는 보따리를 머리에 이고 다니며 물건을 팔러 다니는 사람들이 많았다. 그렇게 물건을 팔러 다니다가 혹여 저녁때가 되면 주인은 보따리장수가 자신의 집에서 유하고 가는 걸 당연하게 여겼다. 밥도 당연히 같이 먹었다. 아무리 보따리장수라고 해도 저녁때가 됐는데 그냥 가게 하는 것은 사람의 도리가 아니라고 여겼다. 그냥 그랬다. 밥때 보따리장수가 오면 밥을 주었다. 그것은 하나도 별난 것이 아니었다. 보따리장수가 밥때가 되어 어느 집에 들어가기 미안해서 나무 그늘이나 정자 같은 데서 쉬고 있으면 먼저 본 사람이 밥은 먹었는지 안 먹었으면 우리 집에 가자고 청하는 것을 당연하게 여겼다.

산다는 것은 나하고 남하고 끊임없이 소통하는 것이다. 나 혼자 사는 것은, 남과 소통하지 못하고 사는 것은 살아도 진정으로 산 것이 아닐 것이다. 또한 산다는 것은 나와 남이 끊임없이 뭔가를 나누는 것이다. 나 혼자만 지니고 있거나 남이 가진 것을 나누어 가지지 못하는 삶은 불행하다. 혹시 지금 불행해 하는 사람이 있다면 나는 이렇게 말하고 싶다. 누군가에게 말을 걸어 봐요. 혹시 지금 행복해지고 싶은 사람이 있다면 또 나는 이렇게 말하리라. 당신이 가진 것을 나눠 봐요, 행복해질 거예요.

《좋은 생각》 2007년 9월호 (좋은생각사람들)

:: 생각할 거리

1 글쓴이가 처음 보는 아이들에게 말을 거는 까닭은 무엇인가요?

2 여러분은 어떤 때 사는 게 재미있다고 느끼는지, 또 어떤 때 사는 게 재미 없다고 느끼는지 말해 보세요.

친구들의 느낌은? ··

엘리베이터 이야기는 정말 공감이 간다. 학교나 학원 오갈 때 매번 만나는 사람인데도 서로 인사하지 않고 각자 휴대폰을 보거나 층수만 올려다본다. 이건 아니라는 걸 알면서도 입이 쉽게 떨어지지 않는다. _박소라

솔직히 나는 사람들이 말을 걸어오는 것이 유쾌하지 않다. 무섭다. 하지만 내가 꼭 잘못된 것이라고 생각하지 않는다. 범죄가 넘쳐 나는 세상에 내 이웃이 정상이라는 확신이 생기지 않는다. 글쓴이처럼 나이가 들면 그런 생각을 가질지도 모른다. 하지만 지금은 아니다. 글쓴이는 자신을 지킬 힘이 있는 어른이지만 우리는 아니다. _양지민

112

아가와 어릿광대

정판수

얼마 전 친구 아버님께서 돌아가셨다는 연락을 받고 부랴부랴 부산으로 갔다. 생각 같았으면 하룻밤 밤샘을 하고 싶었지만 다음 날 직장 일 때문에 어쩔 수 없이 올라와야 했다. 그래도 제법 늦게까지 남아 있던 바람에 정류소에 갔을 때는 심야 버스만 있어 12시 30분발 울산행 시외버스에 올랐다.

내가 차지한 좌석은 운전기사 뒤 두 번째 줄이었다. 피로한 데다 술을 마신 뒤라 저절로 고개가 젖혀졌다. 그 정도면 출발하자마자 곯아떨어질 테고 중간에 내리지 않아도 되니 종점에 도착하여 일어나기만 하면 되었다.

그런데 막 잠들려 할 때 무슨 소리가 들리는 게 아닌가. 고개를 돌려 보니 건너편 옆자리에서 나는 소리였다. 내가 탈 때는 아무도 없었으니 아마도 뒤에 탄 모양이었다. 삼십 대 초반쯤 돼 보이는 여자가 자리를 잡고 있었고, 그 옆에 세 살쯤 돼 보이는 사내아이가 잠들어 있었는데 그 애가 내는 소리가 아니었다. 소리의 진원지를 찾아보니 바로 여자가 안고 있는 난 지 여섯 달쯤 되었음 직한 아기였다. 그 아기가 칭얼거리는 소리였다.

아기 엄마의 어르는 소리를 들으며 다시 잠을 청했다. 하지만 뭐가 못마땅한 건지 어디가 불편한 건지 엄마가 어르는데도 자꾸만 칭얼거리는 것 아닌가. 밤늦은 시각이라 다들 잠을 자느라 눈을 감고 있는데, 아기가 칭얼거리자 당황한 엄마는 아이의 입을 막으려고 가슴 쪽으로 당겨 안았다. 그 바람에 숨이 막힌 아기가 더욱 큰 소리를 내자 주변에서 짜증 섞인 반응이 나오기 시작했다.

심지어 어떤 이는 술 취한 음성으로 "아 씨, 뭐야!" 하는 욕에 가까운 소리조차 내뱉었다. 아기 엄마는 더욱 당황했고, 아기는 울기 시작했다. 나도 짜증이 났다. 아기가 제발 울음을 그치고 조용히 해 줬으면 하는 바람이 있었지만 그건 정말 바람이었을 뿐.

마침내 엄마가 자리에서 일어나자 아기는 울음을 그쳤다. 그러나 한 손으로 아기를 안고 또 다른 한 손으론 손잡이를 잡은 채 시속 100킬로미터 가까운 속도를 내며 달리는 버스에 오래 서 있기가 힘들었는지 잠시 앉으려고 하면 아기가 다시 울어, 엄마는 앉았다 섰다를 계속 반복해야만 했다.

그럴 즈음 나는 잠이 다 달아났다. 아기 녀석이 괘씸하여 위를 올려다보았는데 초롱초롱한 눈과 마주치는 순간 괘씸함은 순식간에 사라지고 아기가 귀엽게만 느껴졌다. 그러다가 문득 떠오르는 생각이 있어 내 볼에 바람을 넣어 볼록하게 만들어 보았다. 아기의 시선은 곧장 내게로 꽂혔다.

이번에는 바람을 빼 오므렸다가 다시 볼록하게 만들었다. 아기의 눈에 웃음기가 설핏 맴도는 게 보였다. 됐다. 다시 몇 번 반복하자 웃음기가 뚜렷해졌다. 그런데 다시 문제가 생겼다. 아기를 안은 엄마가 졸음이 쏟아지는지 고개를 자꾸만 아래로 떨어트리고 팔도 아래로 늘어트리는 게 아닌가. 위태로웠다. 그러나 지금 자리에 앉으면 아기가 울 테고.

그때부터 나는 필사적이었다. 볼을 오목하게 했다가 볼록하게 하는 것에는 아기가 식상한 것 같아 이번에는 눈을 감았다 뜨는 것을 반복했다. 그러고는 혀를 내밀어 상하좌우로 돌렸다. 아기의 눈은 분명히 내게 고정돼 있었다. 졸고 있는 엄마와 상관없이 아기의 눈길은 오직 내게로 향해 있었다.

이제 어느 정도 자신감이 들었다. 아기 엄마를 불러 앉게 했다. 얼마나 피곤했는지 아기 엄마는 말이 떨어지기가 무섭게 내가 어떤 의도로 한 말인지 새길 겨를도 없이 아기를 안은 채 그대로 주저앉더니만 이내 고개를 뒤로 젖혔다. 그때 아기의 입에 울음기가 맺히는 게 보였다. 또다시 위기였다. 5초 안에 아기의 눈길을 사로잡지 못하면 울게 되고, 그러면 승객들이……, 또 아기 엄마가…….

비장의 무기를 선보여야 했다. 순간 기억의 바구니에 담아 둔 채 좀처럼 써먹지 않던 표정 연기가 떠올랐다. 이십여 년 전인가 어느 코미디언이 선보인 원숭이 연기였다. 왼손으로 얼굴을 쓰다듬듯이 위에서 아래로 두 번 훑은 뒤에 턱을 잡고, 오른손으로

는 볼을 슬쩍슬쩍 긁는 그 표정이 하도 우스워 몇 번 흉내 낸 적
이 있었다. 갑자기 그게 떠오른 까닭은 도무지 알 수 없지만, 효
과는 대만족이었다. 아기의 입에서 울음기가 가시고 대신 '까르
륵' 하는 소리가 나오는 게 아닌가. 큰 소리는 아니었지만 분명
웃음소리였다.

됐다. 이제 아기는 내 손안에 들어온 것이다. 그때부터 아기와
나는 한 시간 가까이 놀이를 즐겼다. 아니 놀이가 아니라 공연이
었다. 나는 광대가 되고 아기는 관객이 된. 그러나 그 공연에는
말 못할 아픔이 따랐다. 아무리 멋지게 공연해도 관객에게서 돈
한 푼 받지 못하지만 만약 잘못하여 관객이 울음을 터트린다면
말짱 도루묵*이라는 점.

종점에 도착할 때까지 공연은 이어졌다. 관객은 계속 앙코르를
요청했고 광대는 그에 맞게 열과 성을 다하였다. 차가 완전히 멎
고서야 아기 엄마와 승객들은 잠에서 깨어났다. 차 안에서 한 어
릿광대가 한 시간 남짓 처절한 공연을 했다는 걸 아무도 모른 채.

아기 엄마가 아기를 안아 업었다. 먼저 내리도록 한 뒤 곁을
지나치는 아기의 볼을 살짝 꼬집어 주었다. 그리고 차에서 내려
저만치 멀어져 가는 아기에게 손을 흔들어 주었다. 그때 확실하
지는 않지만 아기도 나를 향해 손을 흔드는 것처럼 느껴졌다.

---

* 말짱 도루묵 | 아무 소득이 없는 헛된 일이나 헛수고를 속되게 이르는 말.

1 글쓴이가 어릿광대가 되어 공연을 한 까닭은 무엇인가요?

2 여러분이 글쓴이와 같은 처지였다면 어떻게 했을지 말해 보세요.

친구들의 느낌은? ··

처음 보는 아기에게 공연을 보여 줬을 때 아기가 더 울었더라면 광대는 어떠한 상황에 처

했을지 궁금하다. _임나정

첫 문장이 친구 아버지가 돌아가셨다는 것이라서 '아, 무거운 글이겠구나.' 하는 생각을 했

다. 그런데 그런 내용은 전혀 없고 재미있었다. 1년 전 안동에 계시는 할머니를 만나러 갔

을 때 나도 버스에서 아기랑 논 적이 있어 공감이 많이 갔다. 아기는 재미있는 것 아니면

안 웃고 내가 좀 오버하면 울어 버려 비위 맞추기가 진짜 힘들었다. 이 글을 쓴 아저씨는

얼마나 힘들었을까. _이지은

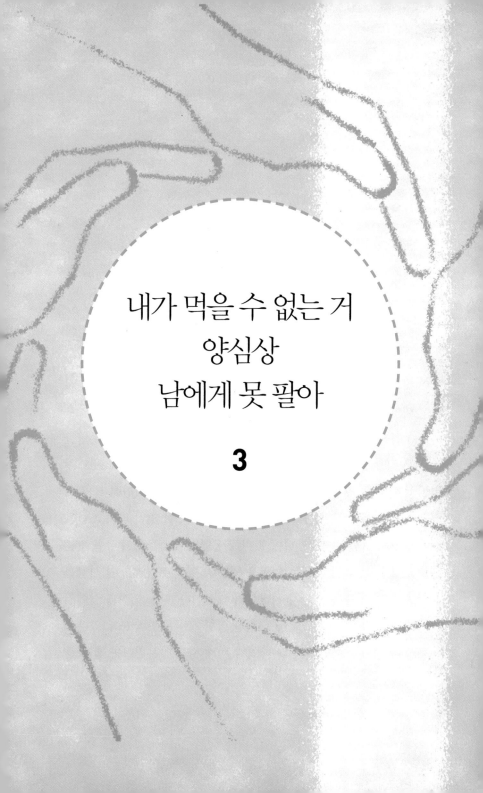

내가 먹을 수 없는 거
양심상
남에게 못 팔아

3

동안

주한별

세대를 불문하고 흔히 쓰이는 단어. '동안'. 어린아이의 얼굴 혹은 나이 든 사람이 지니고 있는 어린아이 같은 얼굴. 우리가 흔히 쓰는 '동안'의 사전적 의미는 아마도 후자일 것이다. 추석이나 설 같은 특별한 연휴 때면 텔레비전 프로그램에서 '동안 선발 대회'를 매년 열 정도로 동안이라는 단어 또는 그 의미는 이 시대의 트렌드가 된 듯하다.

언젠가부터 동안이라는 단어가 보편화되면서 동안인 사람들은 예쁘고 잘생기지 않아도 동안이라는 이유 하나만으로도 주목받을 수 있게 되었다. 반면에 동안이 트렌드가 되면서 본의 아니게 피해를 보는 사람도 생겨났다. 그중에 한 명이 나라고 나는 당당히 말할 수 있다. 나이에 비해 동안인 사람들이 주목을 받는 만큼 나이 들어 보이는 얼굴을 가진 일명, '노안(老顔)'인 사람들도 갑자기 주목을 받기 시작했기 때문이다. 나는 열여덟 살이지만 이제껏 얼굴을 보고 내 나이를 맞힌 사람은 한 명도 없었다.

나는 아주 어릴 때부터 나이에 비해 성숙해 보인다는 말을 들고 자랐다. 초등학생 때는 중학생 같다, 중학생 때는 고등학생 같다, 고등학생이 되니 어딜 가나 아가씨라는 말을 듣고 다닌다. 초등학교 때 중학생처럼 보였으니, 중학생이 되면 중학생처럼 보이게 될 거라고 생각했던 건 나의 착각이었다. '나이 들어 보이는 얼굴' 때문에 친구들 사이에서도 궂은일은 몽땅 내 차지였다. 하루 종일 힘들게 아르바이트를 하고 나서도 악덕 주인에게 급료를 받지 못한 친구를 위해 언니 행세를 하며 돈을 받아 준 것도, 화장품 가게에서 종업원이 실수로 내준 화장품 세트를 사은품인 줄 알고 몽땅 받아 온 친구에게 괜한 해코지를 하는 화장품 가게 종업원을 상대로 사촌 언니 행세를 하며 맞서 준 사람도 나였다. 그래도 그때까지는 내 얼굴이 나이 들어 보여도 그렇게 심하지는 않을 거라고 생각했기 때문에 노안인 얼굴 때문에 스트레스를 받거나 하지는 않았다.

내가 노안인 얼굴 때문에 충격을 받기 시작한 건 작년 여름부터였다. 작년 여름, 친구의 등본을 떼러 동사무소에 함께 간 적이 있었다. 그때 친구는 학생증만 가지고도 등본을 뗄 수 있는 줄 알았는데, 뜻밖에도 보호자가 함께 와야 등본을 뗄 수 있다는 것이었다. 그때까지만 해도 분명 괜찮았다. 아쉬워하며 발걸음을 돌리려는 친구를 의아하게 보던 동사무소 직원이 던진 말 한마디. "뒤에 계신 분 보호자 아니세요?" 이 말을 들은 친구는 너무 웃겨서 다리에 힘이 풀려 그 자리에 주저앉았고, 난 제발 '뒤에 계신 분'이 내가 아니길 빌었지만 그 말을 한 직원과 눈이 마주침과 동시에 발끝에서 머리끝까지 창피함과 수치심이 뒤섞여 올라왔다. 상황의 심각성을 느낀 건 그때부터다. 아무리 성숙해 보인다고 할지라도 동갑내기 친구의 보호자 소리까지 듣다니, 정말로 내가 그렇게 삭은 얼굴이란 말인가!

그때를 기점으로 난 이전과 달리 예민하게 이 문제를 다루기 시작했다. 한때는 나이보다 성숙해 보이는 얼굴로 인해 알게 모르게 약간의 자만심도 가지고 있었는데, 이제는 상황이 완전히 달라진 것이다. 누군가 괜히 얼굴에 관해 얘기만 해도 시비가 붙어 싸우기 일쑤였다. 시내를 지나가다 휴대전화 사라는 소릴 듣고, "미성년자예요."라고 말하며 지나가려는데 나의 팔을 붙잡고는 진짜 미성년자냐고 대뜸 묻던 휴대전화 판매원과도 싸우고, 화장품 가게에서 회원 카드를 만들기 위해 주민등록번호를 직원에게 알려 줄 때도 종업원들의 의심스러운 눈총을 받아야 했다.

뿐만 아니라 1학년 가을 소풍 때는 공개적으로 망신을 당하기도 했다. 다른 아이들과 함께 어울려 직지사* 입구로 들어가는데, 경비 아저씨가 갑자기 어디선가 튀어나와서 내 팔목을 붙들었다. 무슨 영문인지 몰라 어리둥절해 하고 있는데 아저씨께서는 내가 학생이 아니라는 것이었다. 내 팔을 붙잡고 이쪽으로 걸으면 안 된다고 자꾸 나오라고 하시는 경비 아저씨. 주위에서는 웃어 대고 나는 영문을 모른 채 눈만 멀뚱히 뜨고 있었다. 옆에서 친구들이 계속 학생이라고 말하자 진짜 학생이냐고, 선생님이 아니냐고 말씀하시는 경비 아저씨. 기분이 나빠져 손을 확 뿌

리치고 계속 티격태격하고 있는 도중에 선생님께서 달려오셔서 학생이라고 해명을 해 주셨다. 그래서 겨우 가던 길을 다시 걸어갈 수 있었지만, 그날의 치욕은 진짜 평생 못 잊을 것 같다. 그 덕분에 공개적으로 내가 노안이라는 사실이 증명되었다. 아직도 친구들과 함께 있으면 그날 일이 놀림거리가 되곤 한다. 이 외에도 노안에 관련된 무수한 사건들이 나에게는 많이 있지만, 이젠 그냥 그러려니 한다.

　동안이 트렌드가 될 수 있었기에 노안인 나도 주목을 받을 수 있었던 게 아닐까? 지금은 또래 친구들보다 성숙한 얼굴로 주위에서 놀라워하지만 아마 일이십 년 후에는 내가 그 친구들보다 더 동안이 되어 있을 거라는 작은 희망을 나는 아직도 버리지 않고 있다.

《어느 아마추어 천문가처럼》 (나라말, 2009)

• 직지사(直指寺) | 경상북도 김천시에 있는 절.

1 글쓴이는 나이 들어 보이는 얼굴 때문에 어떤 일을 겪었나요?

2 생김새 때문에 다른 사람의 오해를 샀던 경험이 있다면 말해 보고, 생김새
로 사람을 평가하는 외모 지상주의에 대해 토론해 보세요.

친구들의 느낌은? ···

외모로 사람을 판단하는 바람에 상처 받는 사람들이 불쌍해 보인다. 최근에 '루저'라는 단
어로 키 작은 남자를 비하해 엄청난 비난을 받은 사람이 있었다. 아무리 그런 단어가 유행
하더라도 그 때문에 상처를 받는 사람이 있기 때문에 삼가야겠다. _류중무

나는 중학생인데 사람들이 고등학생으로 본다. 지금까지는 아무런 느낌이 없었는데, 이 글
을 읽고 나서 진지하게 생각해 보았다. 다른 사람들은 보이는 대로 말했겠지만 나에게는
큰 상처가 되었다. 누구를 탓해야 할까? 보이는 대로 말한 사람? 나이 들어 보이는 나? 아
니면 이렇게 낳은 부모님? 아니다. 아무도 탓할 수 없다. 이 문제는 그저 있는 그대로 받아
들이는 수밖에 없다. _신재문

만 원의 행복

션

저와 제 아내는 결혼을 하고 매일 하루 만 원씩 모아, 결혼기념일에 청량리에 위치한 '밥퍼'라는 무료 급식소를 찾아 365만 원을 전달하고 그날 노숙자, 행려자*, 무의탁 어르신들께 식사 드리는 일을 돕습니다.

결혼기념일에 이 일을 함으로써 하루 즐기면서 끝날 수 있는 날에 조금 더 의미를 주고, 우리 부부가 하나가 되어 같은 뜻으로 행복의 의미를 생각해 보는 날로 만들었습니다.

첫 번째 결혼기념일에 밥퍼에 다녀와서 제 아내가 고백한 말이 있습니다.

"작은 걸 나누지만 큰 행복을 가지고 돌아오네요."

행복은 가짐에 있지 않고 나눔에 있는 것 같습니다.

우리 부부는 밥퍼를 위해 매일 만 원을 나눴습니다. 만 원을 가지고 우리 부부가 매일 맛있는 걸 사 먹을 수도 있고 무엇을

---

* 행려자 | 집에서 먹고 자고 하는 일상생활을 하지 않고 떠돌아다니는 사람.

살 수도 있습니다. 만 원을 쓰면서 우리는 잠깐 동안 기쁨이나 행복을 느낄 수 있습니다.

하지만 만 원을 1년 동안 모으고 나눈 결과 우리는, 너무도 큰 행복을 가질 수 있었습니다. 매일 만 원씩 1년을 모으자 365만 원이 되었습니다. 만 원이면 그렇게 큰 액수라고 생각하지 못할 수도 있지만 1년이 지나자 365만 원이라는 상당히 큰 액수가 되었습니다.

밥퍼에는 하루 1500명 정도의 어르신들이 오십니다. 이분들에게 하루 한 끼 식사 제공하는 데 드는 비용이 150만 원쯤. 우리 부부의 만 원이 모여 1500명의 어르신들에게 이틀 식사를 제공하고도 남는 돈이 됩니다.

물론 매일 만 원이 모든 분들에게 결코 적은 액수는 아니라고 생각합니다. 그러면 단위를 줄여 매일 천 원으로 해 보겠습니다. 한 쌍의 신혼부부가 매일 천 원을 1년 동안 모은다면 1년에 36만 5천 원이 됩니다. 같은 날 결혼한 네 쌍의 신혼부부가 매일 천 원씩 1년 동안 모은다면 146만 원이 됩니다.

이렇게 하면 1500명 어르신들의 한 끼 식사가 해결됩니다.

2001년 통계에 의하면 하루 평균 835쌍이 결혼을 하고 458쌍이 이혼을 한다고 합니다. 결혼하는 835쌍 중에 0.5퍼센트 정도인 네 쌍의 부부가 하루에 천 원씩 모아서 자신들의 결혼기념일에 밥퍼를 찾아 36만 5천 원을 나누고 봉사한다면, 밥퍼를 찾는 1500명의 노숙자, 행려자, 무의탁 어르신들의 하루 식사가 해결

됩니다.

1년에 1460쌍의 부부가 매일 천 원씩 모아 자신들의 결혼기념일에 나누면 1500명 어르신들의 1년 식사가 해결됩니다. 더 나아가 하루 결혼하는 835쌍의 1퍼센트 정도인 여덟 쌍이 천 원씩 나누기 시작한다면 우리는 밥퍼를 한 군데 더 세울 수 있습니다.

천 원의 기적입니다.

제가 매일 835쌍이 결혼하고 458쌍이 이혼한다고 밝힌 건, 제 생각에는 천 원의 기적에 많은 부부가 동참할수록 이혼율도 줄거라고 생각해서입니다.

작은 걸 나누며 행복의 진정한 의미를 찾고 매일 같은 목적으로 천 원을 모으며 결혼기념일에 부부가 하나의 마음이 되어 봉사할 때, 그 가정은 그 부부는 더욱더 하나가 되고 행복해지며 화목해질 거라고 믿습니다.

《오늘 더 사랑해》 (홍성사, 2008)

:: 생각할 거리

1 글쓴이는 진정한 행복을 어디에서 찾았나요?

2 여러분이 주위의 어려운 이웃을 위해 할 수 있는 일에는 어떤 것이 있는지 찾아보고 말해 보세요.

친구들의 느낌은? ···

최근에 '조금씩 조금씩'의 힘을 느끼고 있다. 이걸 언제 다 할지 한숨부터 나오는 숙제도 하루에 한 장씩 하면 금방 할 수 있다. 마음도 조금씩 모이면 큰 사랑이 되어 돌아올 것이다. _박정서

천 원은 작은 돈이지만 날마다 모으면 큰돈이 될 수 있다. 내가 조금씩 아끼고 모은 돈이 다른 이들을 행복하게 해 줄 수 있다는 사실을 깨달았다. 우리 주변에는 생각보다 어려운 이웃이 많다. 우리는 그 이웃들에게 조금이라도 보탬이 되도록 노력해야 한다. _조현정

네모난 수박

정호승

네모난 수박을 보고 충격을 받았다. 어릴 때 동화적 상상의 세계에서나 존재했던 네모난 수박이 물리적 현실의 세계에 존재하게 된 것은 정말 놀라운 일이 아닐 수 없다. 이는 '수박은 둥글다.'는 기본 개념을 파괴시켜 버린 일이다. 이제 우리는 식탁에 올려진 네모난 수박을 늘 먹으면서 무슨 생각을 하게 될까. 별로 대수롭지 않게 그저 먹기에 편하고 맛있으면 그만이라고 생각하게 되지는 않을까.

정작 수박이 네모지면 운반하기에 편할 뿐만 아니라 보관하기에도 좋고 썰어 먹기에도 좋다고 한다. 그러나 수박의 입장에서는 여간 화가 나는 일이 아닐 것이다. 네모난 수박은 유전공학자들에 의해 유전인자가 변형되어 만들어진 것이 아니라 네모난 인공의 틀 속에서 자라게 함으로써 단순히 외형만 바뀌도록 만들어진 것이다. 그러니까 둥글다는 내면의 본질은 그대로 둔 채 인위적으로 외형만 바꾼 것이다. 따라서 수박은 기형화된 자신의 몸을 이해하고 받아들이기가 여간 힘들지 않을 것이다. 어쩌면 "둥글지 않으면 수박이 아니다, 둥글어야만 수박이다."라고 말하며 분노의 눈물을 흘릴지도 모른다.

네모난 수박을 만든 이들의 말에 의하면, 철제와 아크릴로 네모난 수박의 외형틀을 만드는 데 무려 5년이라는 시간이 걸렸다고 한다. 수박꽃이 지고 계란 크기만 한 수박이 맺히기 시작하면 특수 아크릴로 만든 네모난 상자를 그 위에 씌우는데, 놀랍게도 수박이 자라면서 네모난 상자를 밀어내는 힘이 자그만치 1톤이나 되었다고 한다. 이렇게 수박의 생장력이 너무나 강해 만드는 족족 외형틀이 부서져 그 힘을 견딜 수 있도록 만들기가 여간 어렵지 않았다는 것이다. 결국 네모난 수박 재배의 성공 여부가 전적으로 수박의 생장력을 견뎌 낼 만큼 튼튼한 아크릴 상자를 만들 수 있느냐에 달려 있었다는 것이다.

나는 그 말을 들으면서 네모난 틀 속에서 자라게 되는 한 알의 수박씨가 겪게 되는 고통에 대해 생각해 보았다. 비록 햇볕과 공기와 수분을 예전과 똑같이 공급받을 수 있는 상태라 하더라도 어느 순간부터는 그만 네모난 틀의 형태에다 자신의 몸을 맞추어야만 하니 그 고통을 어떻게 견딜 수 있었을까.

처음 몸피가 작을 때에는 아무런 고통 없이 원래의 본질대로 둥글게 자랄 것이다. 그러다가 차차 몸피가 커지고 일정 크기가 지나면서부터는 그만 네모난 틀의 형태와 똑같이 네모나지는 자신을 발견하고 참으로 참담했을 것이다. 어쩌면 그대로 죽고 싶은 심정이었을지도 모른다.

나는 네모난 수박을 한참 들여다보다가 비록 겉모양은 네모졌으나 수박으로서의 본질적인 맛과 향은 그대로일 것이라고 생각하면서 오늘을 사는 우리들이야말로 바로 이 네모난 수박과 같은 존재가 아닌가 하는 생각이 들었다. 예전의 우리 삶이 둥근 수박과 같은 자연적 형태의 삶이었다면, 지금은 외형을 중시하는 네모난 수박과 같은 인위적 형태의 삶을 살고 있다고 할 수 있다.

오늘 우리의 삶의 속도는 무척 빠르다. 변화의 속도가 너무 빨라 도무지 정신을 차릴 수 없다. 오늘의 속도를 미처 느끼기도 전에 내일의 속도에 몸을 실어야 한다. 그렇지만 네모난 수박이 수박으로서의 맛과 향기만은 잃지 않았듯이 우리도 인간으로서의 맛과 향기만은 결코 잃어서는 안 된다.

나는 아직도 냉장고에서 꺼내 먹는 수박보다 어릴 때 어머니가 차가운 우물 속에 담가 두었다가 두레박으로 건져 주셨던 수박이 더 맛있게 느껴진다. 이제 그런 목가적인 시대는 지나고 말았지만 모깃불을 피우고 평상에 앉아 밤하늘의 총총한 별들을 바라보면서 쟁반 가득 어머니가 썰어 온 둥근 수박을 먹고 싶다. 까맣게 잘 익은 수박씨를 별똥인 양 마당가에 힘껏 뱉으면서, 칼을 갖다 대기만 해도 쩍 갈라지는 둥근 수박의 그 경쾌한 목소리를 들으면서.

《위안》 (열림원, 2003)

1 수박은 둥글다는 상식을 깨고 네모난 수박을 만든 것은 무엇을 위해서인가요?

2 누군가 강제로 여러분의 생김새를 바꾸려고 한다면 어떤 기분이 들지 말해 보세요.

친구들의 느낌은? ....

제목부터 강한 느낌을 주는 글인 것 같다. 외양은 바뀌어도 맛과 향은 그대로인 수박처럼 인간도 인간으로서의 맛과 향을 잃어서는 안 된다고 하고 있다. 현대 사회의 무차별적 변화 속에서 나 자신을 지키는 것은, 끊임없는 변화에 나를 맞춰 나가는 것만큼이나 어렵지만 반드시 해야 하는 것 중 하나가 아닌가 싶다. _정영석

이 글을 읽으며 정말 공감이 많이 되었다. 얼마 전 네모난 수박에 대해서 들었는데, 그때는 일차원적으로 운반과 보관이 쉽겠다는 생각을 했다. 그러나 지금 생각해 보니 갑갑한 틀에 갇힌 그 수박들은 사람으로 따지자면 개성을 무시당한 것이다. _이진우

로미오의 실수

장영희

조카의 중학교 영어 교과서를 무심히 훑어보는데 재미있는 우스갯소리가 있었다. 어떤 학생이 "당신은 〈로미오와 줄리엣〉을 읽었습니까?" 하고 물으니 남학생이 "아, 로미오는 읽었는데 줄리엣은 아직 못 읽었습니다."라고 대답하는 것이었다. 남학생의 문학에 대한 무지를 재미있게 풍자한 것이지만, 나는 문득 상현이가 생각났다.

영문학도가 아니더라도 셰익스피어*의 대표작 〈로미오와 줄리엣〉의 줄거리를 모르는 이는 거의 없을 것이다.

이탈리아의 베로나. 오랫동안 서로 반목해* 온 몬터규가의 아들 로미오와 캐풀렛가의 딸 줄리엣은 우연히 만나 서로 한눈에 반하고, 로렌스 수사*의 암자에서 비밀 결혼식을 올린다. 그러나 로미

---

* 셰익스피어(William Shakespeare, 1564~1616) | 영국의 극작가이자 시인.
* 반목하다 | 서로 시기하고 미워하다.

오는 결투를 하다가 상대방을 죽이고 추방 선고를 받는다. 둘은 곧 다시 만날 것을 기약하고 이별하지만, 줄리엣은 집안에서 자신이 원치 않는 결혼을 강요하자 로렌스 수사와 상담한다. 수사는 줄리엣에게 이틀 동안 가사* 상태에 빠지게 되는 수면제를 준다. 결혼식 전날 밤 줄리엣은 그 약을 복용하고, 그녀의 부모는 딸이 죽은 것으로 판단, 캐풀렛가의 묘지로 옮긴다. 줄리엣의 죽음을 알게 된 로미오는 베로나로 돌아와서 줄리엣 곁에서 독을 마시고 죽고, 잠에서 깨어난 줄리엣은 죽은 로미오를 보고 그 자리에서 로미오의 단검을 뽑아 자살한다. 순수하고 아름다운 두 젊은이의 주검 앞에서 몬터규가와 캐풀렛가는 드디어 화해를 한다.

상현이는 오래전 내가 강의한 '영어 연설법'을 수강하는 학생이었다. 수업 시간에 학생들로 하여금 조를 구성해 찬반으로 나뉘어 다른 학생들 앞에서 사형 제도나 안락사*, 인공유산, 흡연, 복제 인간 등의 주제를 놓고 토론하게 하였다. 토론을 관람한 다른 학생들은 두 팀 중 좀 더 설득력 있고 창의적인 논지를 선택하고, 거기서 이긴 팀이 점수를 더 받는 식으로 진행되었다. 자기 의사와 상관없이 제비뽑기로 주제를 선택했는데, 상현이는 흡연을 찬성하는 쪽을 뽑았다. 찬성 쪽과 반대 쪽의 학생들이 각자 논지를 발표했지만, 물론 건강 문제, 비용 문제, 임산부 흡연 문제 등 흡연을 반대하는 쪽이 훨씬 더 설득력이 있는 것은 당연했다. 이제 더 이상 반론의 여지가 없어서 흡연을 찬성하는 조의

패배가 거의 확실해졌을 때, 상현이가 말을 시작했다. 영어가 꽤 유창한 상현이는 논리적으로 차근차근 설명했다.

"네, 여러분, 흡연은 여러 가지 단점이 있습니다. 하지만 그에 못지않은 장점도 있습니다. 여러분, 가끔 사는 게 지치거나 너무 복잡하다고 느낄 때가 많지요? 여자 친구가 다른 남자에게로 가 버리거나, '미스 장'이 숙제를 너무나 많이 내줄 때, 그저 사는 게 심드렁하고 재미없을 때, 무언가 사방이 막혀 새로운 타개책이 필요할 때, 잠깐 모든 걸 멈추고 담배를 꺼내십시오. 그리고 깊이 한 모금 들이마십시오."

이쯤에서 상현이는 정말 주머니에서 담배를 꺼내 입에 무는 것이었다. "마음이 가라앉고 아이디어가 잘 떠오르는 걸 느끼시지 않습니까?" 그러고 나서 상현이는 갑자기 〈로미오와 줄리엣〉 얘기를 꺼내는 것이었다.

"여러분은 영문학도니까 로미오와 줄리엣의 슬픈 사랑 이야기를 모두 다 아시죠? 로미오는 줄리엣이 단지 잠든 것인 줄 모르고 독을 마시고 죽습니다. 그러나 생각해 보십시오. 만약에 로미오가 흡연가였다면 이야기가 달라졌을 겁니다. 그렇게 충동적으로 독을 마시기 전에 아마 줄리엣의 죽음을 슬퍼하면서, 그리고

• 수사 | 청빈·정결·순명을 서약하고 독신으로 수도하는 남자.
• 가사 | 생리적 기능이 약화되어 죽은 것처럼 보이는 상태.
• 안락사 | 불치병으로 극심한 고통을 받고 있는 환자에 대해, 본인이나 가족의 요구에 따라 고통이 적은 방법으로 생명을 단축하는 행위.

앞으로 어떻게 해야 할지 생각하기 위해 담배를 피웠을 겁니다. 그러는 동안에 줄리엣은 죽음 같은 잠에서 깨어나 둘은 행복한 재회를 했을 겁니다. 그러므로 로미오의 비극은 담배를 피우지 않았다는 것입니다!"

학생들은 폭소를 터뜨렸다.

그러고 나서 상현이는 엉뚱한 결론을 내렸다.

"흡연은 몸에 나쁩니다. 셰익스피어는 죽음을 '그대를 천국이나 지옥으로 부르는 종소리'라고 묘사했습니다. 여러분이 그 종소리가 빨리 듣고 싶어 흡연을 하신다면, 이왕이면 양담배가 아닌 우리나라 담배를 피웠으면 좋겠습니다."

어쨌든 많은 학생들이 상현이의 재치 있는 발상에 점수를 줘서, 불리하리라는 예상을 뒤엎고 상현이의 조가 더 많은 표를 얻었다. 수업이 끝나고 나를 찾아온 상현이는 흡연 찬성 쪽 입장을 옹호했으나 사실 자신은 비흡연자라고 했다. 그러나 부모님이 경북에서 담배 농사를 짓는데 양담배 수요가 늘어서 재배량도 많이 줄이고 가정 형편이 점점 더 어려워져서 그냥 우리 담배 홍보 좀 했을 뿐이라고 웃으며 말했다.

동생이 자신의 등록금을 거들기 위해 휴학을 하고 아르바이트를 하는 게 가슴 아프다던 상현이. 졸업하자마자 자신이 원하던 작은 벤처기업에 취직을 했다고 들었을 뿐, 그 이후 소식이 없다.

하지만 담배 선전을 로미오의 실수에 갖다 붙일 정도의 재치

와 기지, 창의력이라면 아마도 지금쯤 그 회사 사장님이 되어 있을지도 모르겠다.

《문학의 숲을 거닐다》(샘터사, 2005)

1 상현이는 로미오와 줄리엣의 비극이 무엇 때문이라고 했나요?

2 여러분이 흡연을 반대하는 쪽에서 상현이와 토론한다면 어떤 논리를 들어 흡연을 반대할 것인지 생각해 보세요.

친구들의 느낌은? ··

나에게 담배 피우는 것을 찬성하는 이유를 발표하라고 하면 아마도 못할 것이다. 남다른 생각으로 사람들을 사로잡은 상현이의 재치를 본받고 싶다. _김건희

로미오와 줄리엣, 담배 이야기로 무슨 내용을 썼을까 의문이 많았다. 그런데 읽다 보니 그냥 웃음이 자꾸자꾸 튀어나왔다. 물론 로미오와 줄리엣의 이야기는 안타까웠지만 그 뒤에 펼쳐진 상현 씨의 말재주가 재미있었다. 나도 저런 토론을 해 보고 싶다. 혹시 아나? 나도 상현이라는 사람처럼 여태 읽고 배운 것으로 팀의 승리를 이끌지……. 그러나 나는 담배는 반대다!!! _이다희

실수

나희덕

중국의 곽휘원이란 사람이 떨어져 살고 있는 아내에게 편지를
보냈는데, 그 편지를 받은 아내의 답시는 이러했다.

벽사창*에 기대어 당신의 글월을 받으니
처음부터 끝까지 흰 종이뿐이옵니다.
아마도 당신께서 이 몸을 그리워하심이
차라리 말 아니하려는 뜻임을 전하고자 하신 듯하여이다.

이 답시를 받고 어리둥절해진 곽휘원이 그제야 주위를 둘러
보니, 아내에게 쓴 의례적인 문안 편지는 책상 위에 그대로 있는
게 아닌가. 아마도 그 옆에 있던 흰 종이를 편지인 줄 알고 잘못
넣어 보낸 것인 듯했다. 백지로 된 편지를 전해 받은 아내는 처
음엔 무슨 영문인가 싶었지만, 꿈보다 해몽이 좋다고 자신에 대

* 벽사창 | 짙푸른 빛깔의 비단을 바른 창.

한 그리움이 말로 다할 수 없음에 대한 고백으로 그 여백을 읽어 내었다. 남편의 실수가 오히려 아내에게 깊고 그윽한 기쁨을 안겨 준 것이다. 이렇게 실수는 때로 삶을 신선한 충격과 행복한 오해로 이끌곤 한다.

실수라면 나 역시 일가견이 있는 사람이다. 언젠가 비구니들이 사는 암자에서 하룻밤을 묵은 적이 있다. 다음 날 아침 부스스해진 머리를 정돈하려고 하는데, 빗이 마땅히 눈에 띄지 않았다. 원래 여행할 때 빗이나 화장품을 찬찬히 챙겨 가지고 다니는 성격이 아닌 데다 그날은 아예 가방조차 가지고 있지 않았다. 그러던 중에 마침 노스님 한 분이 나오시기에 나는 아무 생각도 없이 이렇게 여쭈었다.

"스님, 빗 좀 빌릴 수 있을까요?"

스님은 갑자기 당황한 얼굴로 나를 바라보셨다. 그제야 파르라니 깎은 스님의 머리가 유난히 빛을 내며 내 눈에 들어왔다. 나는 거기가 비구니들만 사는 곳이라는 사실을 깜박 잊고 엉뚱한 주문을 한 것이었다. 본의 아니게 노스님을 놀린 것처럼 되어 버려서 어쩔 줄 모르고 서 있는 나에게, 스님은 웃으시면서 저쪽 구석에 가방이 하나 있을 텐데 그 속에 빗이 있을지 모른다고 하셨다.

방 한구석에 놓인 체크무늬 여행 가방을 찾아 막 열려고 하다 보니 그 가방 위에는 먼지가 소복하게 쌓여 있었다. 적어도 5, 6년은 손을 대지 않은 것처럼 보이는 그 가방은 아마도 누군가 산으

로 들어오면서 챙겨 들고 온 속세의 짐이었음에 틀림없었다. 가
방 속에는 과연 허름한 옷가지들과 빗이 한 개 들어 있었다.

나는 그 빗으로 머리를 빗으면서 자꾸만 웃음이 나오는 걸 참
을 수가 없었다. 절에서 빗을 찾은 나의 엉뚱함도 우물가에서 숭
늉 찾는 격이려니와, 빗이라는 말 한마디에 그토록 당황하고 어
리둥절해 하던 노스님의 표정이 자꾸 생각나서였다. 그러나 그
순간 나는 보았다. 시간을 거슬러 올라가 검은 머리칼이 있던,
빗을 썼던 그 까마득한 시절을 더듬고 있는 그분의 눈빛을, 20년
또는 30년, 마치 물길을 거슬러 올라가는 연어 떼처럼 참으로 오
랜 시간이 그 눈빛 위로 스쳐 지나가는 듯했다.

그 순식간에 이루어진 회상의 끄트머리에는 그리움인지 무상
함인지 모를 묘한 미소가 반짝하고 빛났다. 나의 실수 한마디가
산사의 생활에 익숙해져 있던 그분의 잠든 시간을 흔들어 깨운
셈이다. 그걸로 작은 보시는 한 셈이라고 오히려 스스로를 위로
해 보기까지 했다.

이처럼 악의가 섞이지 않은 실수는 봐줄 만한 구석이 있다. 그
래서인지 내가 번번이 저지르는 실수는 나를 곤경에 빠뜨리거나
어떤 관계를 불화로 이끌기보다는 의외의 수확이나 즐거움을 가
져다줄 때가 많았다. 겉으로는 비교적 차분하고 꼼꼼해 보이는
인상이어서 나에게 긴장을 하던 상대방도 이내 나의 모자란 구
석을 발견하고는 긴장을 푸는 때가 많았다.

또 실수로 인해 웃음을 터뜨리다 보면 어색한 분위기가 가시

고 초면에 쉽게 마음을 트게 되기도 했다. 그렇다고 이런 효과 때문에 상습적으로 실수를 반복하는 것은 아니지만, 한번 어디에 정신을 집중하면 나머지 일에 대해서 거의 백지상태*가 되는 버릇은 쉽사리 고쳐지지 않는다. 특히 풀리지 않는 글을 붙잡고 있거나 어떤 생각거리에 매달려 있는 동안 내가 생활에서 저지르는 사소한 실수들은 내 스스로도 어처구니가 없을 지경이다.

그러면 실수의 '어처구니없음'은 어디서 오는 것일까. 원래 어처구니란 엄청나게 큰 사람이나 큰 물건을 가리키는 뜻에서 비롯되었는데, 그것이 부정어*와 함께 굳어지면서 어이없다는 뜻으로 쓰이게 되었다. 크다는 뜻 자체는 약화되고 그것이 크든 작든 우리가 가지고 있는 상상이나 상식을 벗어난 경우를 지칭하게 된 것이다. 그러니 상상에 빠지기 좋아하고 상식으로부터 자유로워지려는 사람에게 어처구니없는 실수가 그림자처럼 따라다니는 것은 아주 자연스러운 일이다.

결국 실수는 삶과 정신의 여백에 해당한다. 그 여백마저 없다면 이 각박한 세상에서 어떻게 숨을 돌리며 살 수 있겠는가. 그리고 발 빠르게 돌아가는 세상에 어떻게 휩쓸려 가지 않고 남아 있을 수 있겠는가. 어쩌면 사람을 키우는 것은 능력이 아니라 실수의 힘일지도 모른다. 그러나 날이 갈수록 실수가 용납되는 땅은 점점 좁아지고 있다. 사소한 실수조차 짜증과 비난의 대상이되기가 십상이다. 남의 실수를 웃으면서 눈감아 주거나 그 실수가 나오는 내면의 풍경을 헤아려 주는 사람을 만나기도 어려워져 간다. 나 역시 스스로는 수많은 실수를 저지르고 살면서도 다른 사람의 실수에 대해서는 조급하게 굴거나 너그럽게 받아 주지 못한 때가 적지 않았던 것 같다.

도대체 정신을 어디에 두고 사느냐는 말을 들을 때면 그 말에 무안해져 눈물이 핑 돌기도 하지만, 내 속의 어처구니는 머리를 디밀고 이렇게 소리치는 것이다. 정신과 마음은 내려놓고 살아야 한다고. 어디로 가는 줄도 모르고 뛰어가는 자신을 하루에도 몇 번씩 세워 두고 '우두커니' 있는 시간, 그 '우두커니' 속에 사는 '어처구니'를 많이 만들어 내면서 살아야 한다고. 바로 그 실수가 곽휘원의 아내로 하여금 백지의 편지를 꽉 찬 그리움으로 읽어 내도록 했으며, 산사의 노스님으로 하여금 기억의 어둠 속에서 빗 하나를 건져 내도록 해 주었다고 말이다.

《괜찮아, 네가 있으니까》 (마음의숲, 2009)

- 백지상태 | 어떠한 대상에 대해 아무것도 모르는 상태.
- 부정어 | '아니', '못', '아니다', '못하다', '말다'처럼 부정하는 뜻을 가진 말.

:: 생각할 거리

1 "실수는 삶의 여백에 해당한다."라는 말은 무슨 뜻인가요?

2 글쓴이가 스님에게 빗을 빌려 달라고 한 것처럼 우스꽝스러운 실수를 한 적이 있다면 말해 보세요.

친구들의 느낌은? ···

실수는 나 또는 다른 사람들에게 해가 되기 때문에 해서는 안 되는 것이라고 생각하고 있었다. 하지만 이 글을 읽어 보니 실수가 꼭 나쁜 것만은 아닌 것 같다. 난 실수를 할 때면 앞으로 똑같은 실수를 하지 않겠다고 주의를 한다. 그러는 것이 내게는 아주 큰 힘이 되었다. _김사랑

이 글에서는 실수를 너그럽게 봐줘야 한다고 했다. 하지만 실수를 용납하지 못하고 잘못했다고 밀어붙이는 경우가 많다. 얼마 전에 어느 가수도 실수로 인해 마음고생을 하고 상처를 받다가 자신의 직업을 포기했다. 실수를 조금만이라도 용서했다면 그 가수는 다시는 그러지 말아야겠다고 생각했을 것이다. _이지혜

144

우리 동네 과일 가게

임금희

우리 동네에 과일 가게가 있다. 그 과일 가게는 다른 가게처럼 과일을 보기 좋게 놓거나 예쁘게 꾸며 놓은 그런 가게는 아니다. 과일을 상자로 가져와 덜어서 팔기도 하고 상자째 팔기도 한다. 그 가게 주인은 할아버지다. 나이가 아저씨와 할아버지의 중간 쯤 되어 보이지만 사람들은 할아버지라고 한다. 할아버지가 우리 동네에서 과일을 판 지도 10년이 넘었다. 처음에는 길거리에서 장사하다가 3, 4년 전부터 조그마한 창고를 하나 빌려 과일도 팔고 물건을 보관하기도 한다. 할아버지는 우리 동네에 수요일부터 토요일까지 오신다. 낮 한 시부터 밤 열 시까지 장사를 하신다. 내 기억으로는 한 번도 이 약속을 어긴 적이 없는 것 같다. 할아버지는 직접 큰 냉장차를 운전하시면서 일요일에는 반나절만 쉬고 월요일, 화요일에는 과일을 사러 지방으로 다니신다고 한다.

할아버지만의 장사하는 법이 있다. 사람들이 "할아버지, 사과 맛있어요?" 하면 "맛없는 건 안 팔아." 하면서 사과 하나를 그 자리에서 칼로 잘라 맛을 보여 준다. "맛을 봐야 맛을 알지. 나는 맛있는 것만 팔아. 먹어 봐. 맛보는 건 돈 안 받아." 할아버지는 과일 인심이 후하다. 이렇게 인심이 좋지만 절대 덤은 안 준다. 그리고 과일값을 깎아 주는 일도 없다. 이 사실을 모르는 사람이 "많이 샀으니까 하나 더 주세요." 하면 "여기 있는 과일 다 사도 더 주는 것은 없어." 이러신다. 말한 사람은 본전도 못 찾는다. 그러나 덤도 없고 깎아 주는 것도 없지만 과일 맛을 보려고 먹는 것은 아무리 많이 먹어도 뭐라 하지 않는다. 아이들도 지나가다가 "이 할아버지 과일 공짜로 준다. 먹어도 된다." 그러면서 아무렇지도 않게 할아버지네 과일을 집어 먹는다. 그래서 사람들이 먹은 과일 껍질이 언제나 한 모퉁이 상자에 가득하다.

과일을 사려면 먼저 돈을 내야 한다. 아무리 먼저 와도 돈을 내지 않고 과일을 달라고 하면 차례는 뒷전으로 밀린다. 늦게 와도 돈을 일찍 내는 사람이 먼저다. 할아버지는 거스름돈까지 완전히 계산을 끝낸 다음에 과일을 담아 주신다. 계산이 끝난 다음에 과일 사는 사람이 해야 할 일이 있다. 그것은 과일을 담을 비닐봉지를 벌리고 서 있는 일이다. 다른 가게에서는 주인이 봉지를 들고 사는 사람이 과일을 고른다. 그러나 할아버지 가게에서는 반대다. 사는 사람이 과일을 고를 선택권이 없다. 오로지 할아버지가 주는 것만 가져가야 한다. 마음에 드는 과일에 눈도장을 찍고 "할아버지 저걸로 주세요." 하고 손으로 가리키면 "고르면 안 돼." 하고 딱 잘라 말하신다.

나도 처음 할아버지 가게에 갔을 때 겪은 일이 있다. 반쯤 허리를 구부리고 나무 궤짝에서 사과를 고르며 봉지에 담았다. 싱싱하고 크고 맛있어 보이는 사과를 두세 개 담았을 때, 큰 소리가 들려왔다.

"어이 안 돼, 그냥 둬! 고르지 마! 과일에 손대지 마!"

나는 그 말이 나에게 하는 말인가 하고 할아버지를 올려다보았다. 할아버지는 내가 들고 있는 봉지를 뺏더니 사과를 손으로 꺼내 다시 궤짝 안에 넣었다.

"만지지 말아요, 여기는 고르면 안 돼요. 주는 대로 가져가야 해요."

둘레에 있는 사람들이 '몰랐구먼' 하는 눈으로 나를 보고 있었다. 어이가 없었다. '고르지 말라니, 과일을 사러 왔는데 내가 내 맘대로 과일도 못 고른단 말인가. 참 별꼴을 다 보겠네, 하도 맛있다고 소문이 나서 사러 왔는데 뭐 이런 경우가 다 있어.' 나는 사과를 사지 않고 그냥 와 버렸다. 그러나 언제부터인지 모르지만 나는 할아버지한테만 과일을 사고 있다.

할아버지의 몸짓은 늘 같다. 느릿느릿한 몸짓으로 서두르지 않는다. 사람들이 많이 기다리고 있어도 한 사람씩 한 사람씩 차근차근 장사를 하신다. 한 번에 두 가지 일을 하지 않는다. 한 사람하고 일을 끝내야 다음 사람으로 넘어간다. 사람들은 기다리는 데 불만이 없다. 웬만큼 바쁘지 않으면 기다렸다가 과일을 사 가지고 간다. 기다리면서 누구랄 것도 없이 할아버지 일을 도와

드리기도 한다. 가게에 큰 냉장고가 있는데 과일이 더 필요하면 할아버지는 거기로 들어가서 새 과일을 꺼내 오신다. 들어가시면서 "문 좀 걸어 줘." 그러신다. 꼭 닫지 않으면 찬기가 빠져나간다고 한다. 사람들은 기다리고 있다가 안에서 문을 두드리면 열어 준다. 할아버지는 큰 궤짝을 두 팔로 힘겹게 들고 나오신다. "할아버지, 그러다가 저희가 문 안 열어 주면 어떡해요?" 그러면 할아버지는 "뭐, 할 수 없지." 그러신다.

할아버지는 좋지 않은 과일은 팔지 않는다. 벌리고 있는 봉지에 과일을 담으면서 하나하나 과일을 살피신다. 손과 눈으로 확인을 해서 당신이 만족스럽지 않은 과일을 다 빼신다. 사는 사람이 굳이 확인하지 않아도 할아버지의 굳은살 박인 투박한 손에서 과일은 가려진다. 그리고 수입해 오는 과일도 팔지 않는다. 요즘 흔한 오렌지나 바나나 같은 과일은 왜 안 가져오냐고 물어보았더니 "그거? 내가 안 먹기 때문에 안 팔아. 순 농약 덩어리인 그것을 어떻게 팔아. 내가 먹을 수 없는 거 양심상 남에게 못 팔아. 우리나라 바나나 이틀만 둬 봐. 흐물거려서 못 먹어. 그런데 수입해 오는 바나나는 두 달을 두어도 멀쩡해. 그러니 얼마나 농약이 묻어 있겠어. 그걸 어떻게 팔아." 팔까지 휘두르면서 그런 것은 먹으면 안 된다고 하신다.

오늘도 할아버지 가게는 사람들이 북적댄다. 사람들은 할아버지 가게에 모여 아는 사람도 만나고 차례를 기다리며 맛보기 과일도 집어 먹고 이런저런 이야기도 한다. 요즘에는 딸기를 많이 가지고 오신다. 빨간 플라스틱 통에 수북이 쌓여 있는 딸기는 보기만 해도 침이 고인다. 집에 와서 딸기를 씻으려고 꺼내면 아래에 파묻혀 있는 딸기나 위에 놓인 딸기의 크기들이 다 고르고 맛도 똑같다. 이런 것들이 할아버지 과일을 의심하지 않고 마음 놓고 사 먹을 수 있게 한다. 제철에 나는 맛있는 과일을 먹게 해 주는 할아버지가 참 고맙다.

《작은책》 2004년 12월호 (작은책)

:: 생각할 거리

1 할아버지의 과일 가게에서 손님이 해서는 안 되는 일은 무엇인가요?

2 할아버지가 무뚝뚝하게 대하는데도 할아버지의 과일 가게에 손님들이 북적거리는 까닭은 무엇인지 말해 보세요.

친구들의 느낌은? ....

과일 가게 할아버지가 참 인상적이다. 양심을 걸고 장사하시는 모습이 따뜻하게 느껴진다. 손님과 판매자가 조금 바뀐 것 같지만 말이다. 할아버지의 딸기는 밑에 있는 것이나 위에 있는 것이나 다 똑같고 맛있다고 했는데, 위엔 맛있어 보이는 것을 놓고 밑엔 작고 무른 것을 넣는 가게가 태반이다. 우리 동네에도 할아버지 과일 가게 같은 가게가 있다면 난 당장 단골손님이 될 것 같다. _김아현

겉보기만 맛있는 과일보다는 자기 양심을 속이지 않고 맛있는 과일을 주는 할아버지네 과일이 더 낫다는 생각이 든다. 그런데 할아버지는 왜 덤은 주지 않으면서 마음대로 시식할 수 있게 하는지 궁금하다. _정해란

150

소젖 짜는 기계
만드는 공장에서

함민복

형과 산속에서 돼지를 기르고 있을 때였다.

"자재는 많이 사 놓았는데, 공장을 팔아넘겨야 할 형편이
니…… 사람을 급히 구할 수도 없고…… 공고 나온 처남이 좀 도
와주게."

전화를 받고 작업복 두 벌을 챙겨 물어물어 수유리에 있는 공
장을 찾아갔다. 공장은 거리를 지나며 흔히 볼 수 있는 공업사와
별반 다를 게 없었다. 쇳덩어리를 깎는 밀링과 선반, 쇠에 구멍
을 뚫는 드릴링 기계, 쇠를 갈아 내는 연삭기, 쇠끼리 붙이는 용
접기 등이 공장의 주 기계들이었다.

고등학교 시절 저 기계들 앞에서 얼마나 속으로 속으로 울음
을 삼켰던가!

나는 전교생이 전액 무료로 다니는 한국전력부설공업고등학
교에 다녔다. 공고가 무엇을 배우는 곳인지도 모르는 상태에서
진학을 했다. 단지 무료로 다닐 수 있다는 이유 하나로 학교를

선택했던 것이다.

성격이 소심한 나는 빠르게 돌아가는, 일 분에 삼천육백 바퀴 회전하는 기계들이 무서웠다. 나사를 깎고, 볼트를 만들고, 불꽃을 튀기며 용접하고, 백분지 일 밀리미터 천분지 일 밀리미터를 재고, 각종 펌프를 분해 조립해 보는 수업들이 내겐 맞지 않았다. 적성에 맞지 않아 하루에도 몇 번씩 학교를 그만두고 싶었다. 그러나 그럴 수도 없었다. 학교를 그만두려면 그간 들어간 학비를 물어 주어야 했는데 그런 돈이 집에 없었다. 학교를 그만두고 돈을 못 물어낼 경우 대신 물어 주기로 하고 보증 도장을 찍어 준 사돈 친척과 고향 친구 영환이 아버지에게 피해를 줄 수도 없는 일이었다. 실습 시간은 왜 그렇게 많은지 수업 시간의 절반을 기계 앞에서 우울하게 보내야 했다.

나보다 나이를 서너 살씩 더 먹은 공장장과 기사와 인사를 나누고 일을 시작했다. 내가 처음 지시받은 일은 아주 단순했다. 손 그라인더(연마기)를 들고 거친 쇠의 표면을 반듯하게 갈기만 하면 되는 일이었다. 사실 일은 단순했지만 그리 쉬운 일은 아니었다. 그라인더 날이 쉬이 닳아 자주 바꿔 끼워야 했고, 쇠 불꽃이 튀며 목장갑이나 작업복을 뚫고 들어와 따가웠다.

오전 일을 끝내고 밥을 붙여먹는(바로 계산하지 않고 한 달간 먹은 식기 수를 계산하는) 식당으로 점심을 먹으러 갔다.

"콘크리트나 치지요!"

공장장이 이 기사를 쳐다보자 둘이 동시에 나를 쳐다보고 이

152

기사가 공장장에게 말을 건넸다.

"아줌마 콘크리트 세 그릇."

그렇게 밥을 빨리 먹는 사람들은 처음 보았다. 비빔밥 한 그릇을 순식간에 해치우는 것이었다. 누군가 보았다면 얼굴과 손에 기름이 묻어 저리 동작이 빠르게 돌아가는 것은 아닐까 생각해 보았으리라.

"가난하게 산 사람들은 밥을 빨리 먹는다. 왜냐하면 형제들에게 밥을 빼앗기지 않으려고 빨리 먹던 습관이 몸에 배어 있기 때문이다."라는 최하림 시인의 산문 구절이 떠올랐다.

"천천히 먹고 와. 먼저 갈게."

공장장과 이 기사가 나를 보고 씩 웃으며 먼저 식당을 나갔다.

그들은 알고 있었던 것이다. 반나절 동안 드르륵드르륵 쇠를 갈며 떨던 손으로 숟가락질하기가 얼마나 힘든가를. 내가 떨리는 손을 감추려고 얼마나 노력하고 있는가를. 그래서 비빔밥을 시켰고 먼저 자리를 떠 준 것이다.

공장 생활이 열흘쯤 지났다. 나도 밥을 빨리 먹고 공장에 딸린 방에서 장기를 두거나, 옆 공장 사람들과 음료수 내기 족구 시합을 할 수 있는 점심시간이 기다려졌다. 그쯤 서로 간에 격이 어느 정도 헐어졌고 그들이 내게 사적인 말을 걸어오기도 했다.

"민복인 어느 다방 아가씨가 제일 예쁜 것 같아?"

"저야 더워 땀을 많이 흘리니까 보리차 많이 갖다 주는 아가씨가 제일 예쁘죠."

그들은 말끔하던 작업복에 불티 구멍이 숭숭 뚫리고 손톱과 손 주름에 푸르스름하게 기름때가 배어 가는 내 모습에 친근감을 느끼는 것 같았다.

내게 참° 준비를 하라고 했다. 공장장이 술을 한잔 먹자고 하면 계란을 삶고 소주 두 병을 사 왔다. 어쩌다 공장장이 속이 좋지 않아 라면을 끓이라고 하면 술 좋아하는 이 기사는 여간 섭섭한 얼굴을 하는 것이 아니었다.

"야, 이 기사. 오늘은 민복이가 힘든 일 해서 술 먹는 거다. 라면은 내 것만 끓이고 알아서 해."라고 하면 이 기사는 금세 기분이 좋아져 나한테 고맙다는 말을 하기도 했다.

소주 한 컵을 들이붓고, 조심해서 깠어도 기름때 지문이 묻은 계란을 소금에 꾹 찍어 먹는 맛은 꿀맛이었다. 술로라도 힘을 북돋우지 않으면 일을 할 수 없을 정도로 빡빡하게 돌아가는 공정°이 소주와 계란 맛을 한층 드높인 것도 사실이다. 달력에 써 놓은 계획보다 일이 늦어지면 야근을 강행하기도 했다.

"이 일 무서운 건데 생각보다 잘하네."라고 칭찬을 들을 때면 그냥 웃고 말았다.

그들이 묻지도 않았지만, 이십여 년 기름밥°을 먹었다는 말로 미뤄 보아 아주 어려서부터 공장 일을 시작한 그들에게 내가 공고를 나왔다는 말은 굳이 할 필요가 없었다.

크게 틀어 놓은 라디오에서 〈양희은의 가요 응접실〉이 시끄럽게 진행되고 있을 때 라디오 소리, 기계 소리보다 더 큰 전화벨

소리가 울렸다.

"야, 받아."

나를 찾는 전화가 세 번째 걸려 온 날, 그러니까 내가 공장에 와 두 주쯤 된 날, 공장장이 회식을 하자고 했다.

"민복아, 그런데 왜 너한테 전화 건 사람들이 선생님이라고 부르냐? 지난번 전화 건 여자도 그렇고, 오늘은 나이가 꽤 많이 든 아저씨 목소리 같던데……."

멍게 해삼을 파는 시장통 허름한 횟집에서 술이 두어 순배* 돌자 공장장이 내게 말을 걸어왔다. 나는 뭐 숨길 것도 없고 해서, 사실 글을 쓰는데 출판사에서 전화 걸 때는 대개 그렇게 사람을 찾는다고 했다.

"무슨 글을 써?"

"시요."

"그럼 시인이냐?"

"그냥 뭐……."

"너, 숨기는 것 많은 놈이다."

"아뇨. 뭐, 자랑도 아니고 해서요…… 참, 하나 있기는 있어요."

• 참 | 일을 하다가 잠시 쉬는 동안에 먹는 음식.
• 공정 | 한 제품이 완성되기까지 거쳐야 하는 하나하나의 작업 단계.
• 기름밥 | 공장에서 일하는 사람이 기계를 고치고 만들며 벌어먹는 밥을 비유적으로 이르는 말.
• 순배 | 술자리에서 술잔을 차례로 돌리는 것.

"뭐?"

"사실 나 공고 나왔거든요. 그래서 밀링, 선반 같은 기계를 조금 다룰 줄 알아요. 두 분 앞에서 자랑을 하면 라스베이거스* 가서 짤짤이 잘한다고 자랑하는 격이고 해서 말씀 안 드린……."

"……."

고단하여 내가 내 코 고는 소리에 놀라 잠에서 깨어나길 몇 번. 공장에 딸린 방에서의 한 달도 금방 지나갔다. 공장에서 만들지 못하는 전기모터, 베어링, 고무호스를 사 와 그동안 만든 부품들과 조립하여 완제품을 만들었다. 박스 포장이 끝난 제품이 공장 창고에 쌓여 가고 공장을 떠나야 할 시간이 다가오고 있었다.

막상 그들과 헤어진다고 생각하니 한 달 동안 기계 소음 속에서 동고동락하며 든 정에 마음이 서운했다.

각자 월급을 받고 점심이나 같이 하자며 우리는 식당으로 향했다.

천천히 밥을 먹었다. 그들도 밥을 천천히 먹었다.

나는 맥주 한 잔 먹은 것을 핑계 삼아 화장실에 간다고 하고 시장으로 가 속옷 두 벌을 샀다.

내가 헤어지기 섭섭하다며 메리야스를 건네자 공장장은 미리 준비한 선물을 내게 건넸다.

"이 기사하고 같이 만년필하고 연필을 샀어. 좋은 시 많이 써."

나는 공장장과 이 기사와 공장 건물을 뒤돌아보며 무거운 발

길을 옮겼다.

좋은 시는 당신들이 내 가슴에 이미 다 써 놓았잖아요. 시인이야 종이에 시를 써 시집을 엮지만, 당신들은 시인의 가슴에 시를 쓰니 진정 시인은 당신들이 아닌가요. 당신들이 만든 착유기*가 깨끗한 소젖을 짜 세상 사람들을 건강하게 만들 거예요.

상념에 젖어 있을 때 내가 가야 할 곳으로 나를 실어다 줄 버스가 흐릿하게 다가오고 있었다.

《눈물은 왜 짠가》 (이레, 2003)

• 라스베이거스 | 미국 네바다 주에 있는 세계적인 도박의 도시.
• 착유기 | 젖소, 염소, 양 따위의 젖을 짜는 기계.

:: 생각할 거리

1 글쓴이가 적성에 맞지 않아 학교를 그만두고 싶었지만 그러지 못한 까닭은 무엇인가요?

2 글쓴이는 한 달 동안 함께 일한 공장장과 이 기사에게서 어떤 느낌을 받았는지 말해 보세요.

친구들의 느낌은? ···

글쓴이의 공장 생활이 실감나게 느껴졌고, 공장에서 떠날 때 서로에게 선물을 주고 따뜻한 말을 전해서 읽는 내 마음이 행복해졌다. 그리고 "좋은 시는 당신들이 내 가슴에 이미 다 써 놓았잖아요."라고 말한 부분에서 깊은 감동을 받았다. _양승훈

공장장과 이 기사가 밥을 빨리 먹는 모습이 참 인상 깊었다. 나도 밥을 먹을 때 동생보다 많이 먹으려고 빨리 먹는데, 글을 읽으니 나의 모습을 보는 듯해서 신기했다. 또 같은 일을 하면서 서로 마음의 벽을 허물고 정답게 지내면 하는 일이 힘들어도 흥미와 보람을 느낄 수 있을 것 같다. _박형우

158

내 삶의 출구

김미라

덴마크의 수도 코펜하겐에서 여왕이 사는 왕궁으로 가는 바닷가 근처의 어느 마을에 '루이지애나 미술관'이 있습니다. 주택가 안에 자리 잡은 이 미술관은 시골의 자그마한 집들 사이에 묻혀서 금방 눈에 띄질 않습니다.

미술관의 입구는 아주 소박한 집의 곁문을 열고 들어서는 것 같은 느낌을 주지요. 소박하다 못해 초라한 느낌까지 드는 입구를 지나 긴 복도를 따라서 전시장으로 들어서다 보면 자꾸 놀라게 됩니다.

저 소박한 입구에서는 상상도 할 수 없었던 입체적이고 커다란 전시장들이 자꾸 등장을 합니다.

그 안에는 우리가 미술 시간에 배웠던 자코메티*의 작품들과 현대 미술의 거장들 그림이 전시되고 있어서 더욱 놀라웠습니다.

---

* 자코메티(Alberto Giacometti, 1901~1966) | 스위스의 조각가.

실존주의* 철학자 사르트르*는 자코메티를 가리켜 "그는 각자에게 출구 없는 고독을 되돌려 주려는 조각가"라고 말했습니다.

존재의 본질에 닿기 위해서 생(生)의 군더더기를 다 발라낸 채 검은 뼈, 검은 고독을 드러낸 자코메티의 조각품은 "존재와 허무 사이에서 끊임없이 질문을 던지는 예술가의 극한적인 모습을 보여 준다"는 것을 실감할 수 있었어요.

여기저기 잘 구성된 전시장들을 다 돌아보고 나면 카페테라스*가 나오는데, 바로 그 지점에서 자코메티의 작품을 본 것 이상으로 놀라운 것을 보았습니다.

눈앞에 드넓은 잔디밭과 조각품들이 놓인 공원이 있었고 그 뒤로는 너무나 아름다운 바다가 탁 트인 배경으로 놓여 있었기 때문입니다.

그 아름다운 풍경에 잠시 감탄하다가 생각했습니다.

만약 우리라면 이 미술관의 입구를 그토록 소박하고 초라한 문을 가진 마을 쪽으로 두지 않았을 것이라고 말이지요.

이토록 푸르고 아름다운 바다가 배경에 놓인 미술관을 가졌다면 우리는 당연히 드넓은 공원 쪽으로 입구를 내서 탁 트인 바다를 보면서 입장할 수 있도록 바꿨겠지요. 그래서 커다란 문과 탁 트인 바다를 보며 입장해서 그림과 조각을 감상한 다음, 그 작은 시골집의 뒷문 같은 곳으로 빠져나가게 했을 것이라는 생각을 했습니다.

아마 그 미술관이 바다 쪽으로 입장해서 작은 문으로 퇴장하게 되는 구조였다면 그 안에 전시된 미술 작품을 감상하는 느낌은 참 달랐을 것입니다.

푸른 바다에 우선 눈길을 빼앗긴 사람들에게 미술 작품의 감동은 조금 줄어들었을지도 모르지요.

그러나 작은 문을 통해서 아주 소박한 미술관의 느낌을 안고 들어선 감상자들은 점점 더 놀라운 전시실로 이동하면서 마음이 설레었을 겁니다.

그러다가 마침내 아름다운 공원과 그 뒤로 펼쳐진 바다를 마주하게 되면 너무나 멋진 선물을 받은 사람처럼 감동해서 꼼짝 못하게 되는 것입니다.

그 미술관을 보고 돌아 나오면서 생각했습니다.

내 삶의 입구는 요란하고 갈수록 출구가 초라해지는 것은 아니었던가 하는 것을.

저 아름다운 미술관처럼, 또한 유럽의 수많은 미술관이며 박물관이 소박한 입구를 지나 감동적인 출구를 찾아 나가듯 우리 삶도 그러했으면 좋겠다는 생각을 했습니다.

우리가 사는 집도, 우리가 가진 건축물들도, 우리가 누군가를

• 실존주의 | 개인으로서의 인간의 주체적 존재성을 강조하는 철학.
• 사르트르(Jean Paul Sartre, 1905~1980) | 프랑스의 소설가이자 철학자.
• 카페테라스 | 찻집이나 식당 같은 곳에서 가게 앞 인도에 내물려 의자와 테이블 따위를 놓은 곳.

사랑할 때도, 그리고 우리 삶의 구조도 모두 그러했으면 좋겠다
는 소망을 그 미술관에서 품어 보았습니다.

《천 개의 절망을 이기는 한 개의 희망》 (휴먼앤북스, 2002)

1 글쓴이가 미술관에 전시된 작품을 보고 카페테라스로 나와서 또다시 놀란 것은 무엇 때문인가요?

2 특이하거나 특별하게 생긴 건축물을 본 적이 있다면 그때의 느낌을 말해 보세요.

친구들의 느낌은? ....

미술관 입구는 초라했지만, 안에는 거장들의 작품이 있었다. 글쓴이는 미술관 출구 바깥에 멋진 풍경이 있었던 것처럼 뒤로 가면서 더 나은 모습을 보여 주는 것이 좋다고 말하는 것 같다. 우리 주변에도 입구는 초라했지만 출구는 아름다운 일이 많이 있다. 영화로도 만들 어진 핸드볼, 스키 점프 국가 대표 팀이 그 예다. 나도 입구는 초라할지 몰라도 출구는 멋진 사람이 되어야겠다. _최재륜

이 글을 읽다 보면 우리 인생이 참 보잘것없어 보인다. 우리는 항상 처음은 창대하나 끝은 미약한 인생을 살고 있는 중이다. 루이지애나 미술관처럼 우리도 처음은 소박할지 모르나 끝은 아름답고 창대한 인생을 살아야 하는 것 아닐까. _류재언

공선옥　여성의 질긴 생명력과 모성을 섬세하면서도 생동감 넘치는 언어로
그려 내는 소설가입니다. 소설집으로 《피어라 수선화》, 《내 생의 알리바이》,
《명랑한 밤길》, 장편소설로 〈오지리에 두고 온 서른 살〉, 〈수수밭으로 오세
요〉 등이 있습니다.

김미라　방송 작가로 활동하고 있습니다. 지은 책으로 《사랑한다고 말하지
않기》, 《천 개의 절망을 이기는 한 개의 희망》, 《위로》 등이 있습니다.

김민효　세화중학교 1학년 때 〈나의 꿈은 세계적인 종이접기 대가〉를 썼습
니다.

김성중　서울 중앙중학교 교감 선생님으로 생물을 가르치고 있습니다. 가치
주입이 아닌 가치 판단의 교육 방식을 중시하여 현대의 생명과학과 윤리 문
제를 아우르는 가치관 형성 교육에 관심이 많습니다. 웹진에 칼럼을 쓰는 칼
럼니스트이기도 합니다.

김어준　대한민국 최초의 인터넷 매체 《딴지일보》의 총수로, 다양한 매체에
서 우리 사회의 부조리한 측면을 꼬집고 있습니다.

나희덕　〈뿌리에게〉라는 시로 작품 활동을 시작한 시인으로, 조선대학교 문
예창작학과 교수이기도 합니다. 시집으로 《그 말이 잎을 물들였다》, 《그곳이
멀지 않다》, 《어두워진다는 것》 등이 있습니다.

박대운　교통사고로 두 다리를 잃은 시련을 이겨 내고 '유럽 5개국 2002킬
로미터 휠체어 횡단', '한·일 국토 종단 4000킬로미터 대장정'에 성공했으며,
라디오 프로그램 진행자 등으로 꾸준히 활동하고 있습니다.

박소영　강원 대진고등학교 2학년 때 〈보고 싶어 엄마, 사랑해〉를 썼습니다.

박완서　우리 시대를 대표하는 소설가입니다. 소설집으로 《엄마의 말뚝》,
《꽃을 찾아서》, 《저문 날의 삽화》, 산문집으로 《꼴찌에게 보내는 갈채》, 《여자
와 남자가 있는 풍경》, 《살아 있는 날의 소망》 등이 있습니다.

션   힙합 그룹 지누션에서 활동하여 많은 인기를 끌었습니다. 요즘은 아내와 함께 어려운 이웃을 돕는 일에 앞장서고 있습니다.

안새롬   전남사대부고 2학년 때 〈내 고향 연제동 외촌 마을〉을 썼습니다.

안철수   사람을 고치는 의사였지만, 컴퓨터 바이러스를 퇴치하기 위해 백신 프로그램을 개발하다가 컴퓨터를 고치는 의사가 되었습니다. 애써 개발한 백신 프로그램을 무료로 사용할 수 있게 하는 등의 공로로 '자랑스러운 신한국인상' 등을 수상하였습니다.

우종영   '푸른공간'이라는 나무관리회사를 만들어 아픈 나무를 고치는 의사로 살아가고 있습니다. 지은 책으로 《풀코스 나무여행》, 《나무야, 나무야 왜 슬프니?》, 《게으른 산행》 등이 있습니다.

이강엽   대구교육대학교 국어교육과 교수로 학생들을 가르치고 있으며, 고전문학의 가치를 오늘날의 시점에서 재해석하여 삶의 지혜를 전해 주는 데 힘을 쏟고 있습니다. 《신화》, 《강의실 밖 고전여행》, 《토의 문학의 전통과 우리 소설》 같은 책을 썼습니다.

이루마   나이가 들면 시골에 작은 음악학교를 세워 가난하지만 재능이 넘치는 음악가들을 키우는 것이 꿈인, 인기 있는 작곡가이자 피아니스트입니다.

이윤기   작가이자 번역가이며 신화 연구가입니다. 지은 책으로 《이윤기의 그리스 로마 신화》, 《길 위에서 듣는 그리스 로마 신화》, 소설집으로 《하얀 헬리콥터》, 《두물머리》, 산문집으로 《무지개와 프리즘》, 《어른의 학교》 등이 있습니다.

이충렬   수백 편의 다큐멘터리를 만들었습니다. 〈워낭소리〉처럼 소소한 일상과 내면의 아름다움을 소재로 대중과 소통할 수 있는 작품을 만들고자 노력하고 있습니다.

임금희   글쓰기를 가르치는 교사입니다.

장영희   서강대학교 영문학과 교수, 수필가, 칼럼니스트로 왕성한 활동을 하다가 2009년 5월에 암으로 별세했습니다. 《내 생애 단 한 번》 등의 수필집으로 삶에 대한 진지함과 긍정적인 태도를 보여 주었습니다.

정약용　조선 정조 때의 학자이자 문신으로 《경세유표》, 《목민심서》 등 많은 책을 썼습니다.

정판수　현대청운중학교 국어 교사로, 〈울 엄마의 세 가지 거짓말〉로 등단한 수필가이기도 합니다.

정호승　〈슬픔이 기쁨에게〉, 〈맹인 부부 가수〉, 〈서울의 예수〉 등의 시를 통해 우리 사회의 그늘을 따뜻한 시각으로 들여다본 시인입니다. 시집으로 《외로우니까 사람이다》, 《내가 사랑하는 사람》, 《포옹》 등이 있습니다.

주한별　김천여자고등학교 3학년 때 〈동안〉을 썼습니다.

지장　'우리차문화연합회'와 '초의차문화연구원'에서 차와 명상에 관한 강의를 하고 있으며, 《차와 사람》, 《선으로 가는 길》 등의 잡지에 차와 명상에 관련된 글을 기고하고 있습니다.

최순민　광주고등학교 2학년 학생이었을 때 〈행복한 죽음〉을 썼습니다.

한비야　국제 구호 활동가로 세계 곳곳을 여행한 경험을 담아 《바람의 딸, 걸어서 지구 세 바퀴 반》, 《바람의 딸, 우리 땅에 서다》, 《한비야의 중국견문록》 등을 썼습니다.

함민복　마니산에서 내려다보이는 바다 풍경에 반해 강화도에 정착하여 살고 있는 시인입니다. 시집으로 《우울씨의 1일》, 《자본주의의 약속》, 《모든 경계에는 꽃이 핀다》, 산문집으로 《눈물은 왜 짠가》, 《미안한 마음》, 《길들은 다 일가친척이다》 등이 있습니다.

• 본문에 출처가 밝혀져 있지 않은 글은 이 책에 처음 발표된 글입니다.

권상혁(상명고등학교)

김규중(애월중학교)

김성기(통진중학교)

김슬옹(동국대학교)

김진수(홍성여자중학교)

김하진(출판편집자)

박선영(서울여자고등학교)

박안수(광주고등학교)

박웅호(강원대진고등학교)

박채형(복현중학교)

송춘길(선산고등학교)

왕지윤(경인여자고등학교)

이국환(청원중학교)

이미영(국악고등학교)

이응인(밀양세종고등학교)

이지혜(태랑중학교)

장정희(대광여자고등학교)

정송희(고려대학교 사범대학 부속중학교)

정은균(군산영광여자고등학교)

최윤영(문화고등학교)

최인영(경희고등학교)

최홍길(선정고등학교)

• 현재 근무지와 다를 수 있습니다.

국어시간에 생활글읽기 2

1판 1쇄 발행일 2009년 12월 31일
개정판 1쇄 발행일 2012년 4월 9일
2판 1쇄 발행일 2020년 3월 9일
2판 4쇄 발행일 2024년 10월 21일

엮은이 전국국어교사모임

발행인 김학원
발행처 (주)휴머니스트출판그룹
출판등록 제313-2007-000007호(2007년 1월 5일)
주소 (03991) 서울시 마포구 동교로23길 76(연남동)
전화 02-335-4422 **팩스** 02-334-3427
저자·독자 서비스 humanist@humanistbooks.com
홈페이지 www.humanistbooks.com
유튜브 youtube.com/user/humanistma **포스트** post.naver.com/hmcv
페이스북 facebook.com/hmcv2001 **인스타그램** @humanist_insta

편집책임 문성환 **편집** 윤무재 **디자인** 김태형 김수연
용지 화인페이퍼 **인쇄** 청아디앤피 **제본** 민성사

ⓒ 전국국어교사모임, 2020

ISBN 979-11-6080-347-1 44810
　　　979-11-6080-345-7 (세트)